COLLECTION FOLIO

René Frégni

Elle danse dans le noir

Denoël

© *Éditions Denoël*, 1998.

René Frégni est né le 8 juillet 1947 à Marseille. Après des études brèves et un tumultueux passage à l'armée, il vit pendant cinq ans à l'étranger sous une fausse identité. De retour en France, il travaille durant sept ans comme infirmier dans un hôpital psychiatrique. Il fait ensuite du café-théâtre et exerce divers métiers pour survivre et écrire.

Depuis plusieurs années, il anime des ateliers d'écriture à la prison d'Aix-en-Provence et à celle des Baumettes.

Il a reçu en 1989 le prix Populiste pour son roman *Les chemins noirs* (Folio n° 2361), en 1992 le prix spécial du jury du Levant et le prix Cino del Duca pour *Les nuits d'Alice* (Folio n° 2624) et, en 1998, le prix Paul Léautaud pour *Elle danse dans le noir*.

*À ma mère morte.
À ma mère vivante.*

Depuis que ma mère est morte je ne tue plus les mouches. Sans doute poursuit-elle sa vie dans l'une d'elles ou dans toutes, comme elle est dans les nuages qui passent sur la ville, le pollen des platanes qui fait les tuiles vertes au printemps, et les quartiers d'ombre et de vent où je marche seul, frôlé par des enfants qui s'en vont et reviennent de l'école sous les feuilles qui tombent.

Pour la première fois de ma vie mon cahier me fait peur, mon stylo me fait peur, la petite table de bistrot sur laquelle j'écris depuis vingt ans me fait peur. Chaque jour je m'y assois et lentement je sens monter la peur. Je me sens incapable de raconter une histoire où des hommes et des femmes s'étreignent, se blessent, s'enfuient. Incapable de quitter mon corps et ma vie, comme je l'ai fait longtemps ; créer des personnages, leur donner la parole, la force de rire, la mémoire de leur vie, me lancer dans un roman à la fiction raisonnable, organiser le temps. Tout cela est absurde. Je sens enfler un tel tumulte en moi. Je crois que cette fois je suis entièrement perdu.

Depuis que l'été s'est jeté sur la ville je ne dors plus, mon cœur bat trop fort. Il écrase tout. En quatre ans j'ai perdu ma mère, puis mon père, la femme avec qui j'ai vécu vingt ans m'a dit un soir «Je n'ai plus de désir pour toi», le lendemain elle partait.

C'est drôle, je me sens libre, plus libre que le vent qui descend des collines, plus libre que les pigeons qui choisissent leur clocher, libre de mourir ce soir. J'écoute sonner les heures, je n'ai même pas envie de mourir.

Je pose mon stylo, referme mon cahier où je n'ai rien écrit, et je descends marcher dans la ville. Les femmes sont chaque jour plus émouvantes, légères, apaisées, radieuses. Elles me tordent les boyaux.

Peut-être vivrai-je encore une histoire d'amour. Ai-je vécu un seul jour pour autre chose depuis que je suis né ? Je suis né au début d'un été aussi beau qu'aujourd'hui, sous un ciel de soie déchiré d'hirondelles. D'un seul regard ma mère m'a tout donné. Il y avait tellement de tendresse en elle, une telle concentration de douceur. L'été revient chaque année pour ma mère, pour nous. Nous sommes nés ensemble de son regard.

L'été m'envahit d'amour et je marche jusqu'au soir dans les rues de la ville en prenant soin de pleurer dans les quartiers perdus où je ne croise que des chats et des vieux sur un banc qui regardent leur maison s'écrouler et le soleil qui meurt.

J'ai passé tout le mois de juillet avec ma fille Marilou. Elle a six ans. Chaque jour nous allions nous baigner dans une petite rivière qui chante sous les saules, où j'allais déjà, enfant, pêcher à la main sous les branches mortes et les herbes des rives. Le soir nous choisissions un restaurant, sous les platanes d'une place, et nous mangions face à face, comme des amoureux. Au-dessus de nos têtes et des toits les avions rayaient de rose un ciel encore clair. Nous rentrions dormir dans mon unique chambre et je m'endormais heureux en lui racontant une histoire.

Depuis le premier août je suis seul, Marilou est partie avec sa mère dans les gorges du Tarn puis je ne sais où. Dans mon appartement silencieux je vis seul, comme ma mère a vécu les dernières années de sa vie, alors que mon père paralysé était dans une maison de retraite.

Je la rencontrais parfois dans les rues mouillées du matin, ses courses à la main. Ses yeux soudain rayonnaient. « Tiens, toi ! J'ai fait un saut à Prisu. » Je lui disais quelques banalités et je poursuivais mon chemin après lui avoir lancé : « Je passerai te voir, si tu as besoin, appelle-moi. »

Elle semblait chaque fois surprise de me croiser, tellement ravie.

Je savais qu'elle avait scruté chaque coin de rue dans l'espoir de m'apercevoir et d'entendre ces quatre mots : « Je passerai te voir. » Quel monstre je suis. J'aurais dû la serrer chaque jour dans mes bras et lui dire : « Viens, maman, on va aller boire ensemble un chocolat dans un petit café et nous mangerons un croissant, j'ai tout mon temps, on pourra bavarder. » Oui, monstrueux, avec la femme qui m'aura le plus aimé. Et je filais comme un voleur vers un corps jeune qui me comblait.

Maintenant que je vis seul je la comprends mieux ; ma fille me manque tellement. Je sais que dans quelques années, lorsque je la croiserai dans la rue, elle fera une pirouette gênée et à son tour courra vers les folies de l'amour. Elle le fait déjà avec les petits garçons de son âge. Elle m'abandonne et je suis pourtant le seul homme de sa vie, elle me le dit chaque jour.

Si l'amour cessait d'exister du jour au lendemain notre planète s'éteindrait. L'amour, toutes les folies de l'amour, rien que l'amour, le reste n'est qu'inutile poussière de vanité.

C'est une sensation étrange que de se retrouver seul, des journées entières, dans un appartement incendié par l'été, et de se remettre lentement à écrire pour apaiser son cœur.

C'est beau et c'est triste. Je le sais, dès que j'aurai refermé mon stylo mon ventre se remettra à hurler. Quand j'arrose mes géraniums ou que je change l'eau des poissons rouges, il reste à peu près calme, c'est un peu d'amour, un peu de vie.

Je rêve d'une femme. Je l'aurais rencontrée un dimanche après-midi dans les rues désertes d'une ville, juste derrière le port ; La Rochelle ou peut-être Marseille. Elle aurait pour souligner le hâle de son corps un bracelet d'ivoire et de corail et un sourire triste.

Elle n'aimerait pas que je l'embrasse trop ou lui prenne la main. Elle me dirait : « Emmène-moi loin. » Et nous irions dormir dans des petits hôtels de montagne, des chambres qui dominent les vallées de brume et les châteaux forts, des vallées où grondent des torrents après les orages noirs du quinze août. Et je ne dormirais pas, tant le corps de cette femme si nue, près de moi, et son souffle bouleverseraient la fragilité de ma vie.

Le lendemain nous roulerions dans les gorges pourpres du Cians ou de Daluis, et je ne verrais que ses jambes d'été, son regard d'ombre et la naissance de ses seins sous les fleurs de coton noires et rouges de sa robe.

Je voudrais l'emporter dans chaque hôtel du monde, lui faire l'amour comme on berce une enfant et lentement voir ses yeux d'orage devenir silencieux.

Un matin de juillet, il y a cinq ans exactement, j'ai croisé dans la rue le regard effaré de ma mère. Elle m'a dit : « Je t'ai appelé plusieurs fois mais tu n'étais pas là, depuis deux jours il y a du sang dans mes selles. » Ma mère était infirmière ; j'ai senti qu'elle avait peur. Je lui ai dit : « Ce n'est rien, maman, moi aussi ça m'arrive, je crois que c'est du sang mais j'ai mangé trop de tomates. »

L'après-midi je l'ai accompagnée chez un gastro-entérologue avec qui j'avais pris rendez-vous en urgence. Après un examen très long, une rectoscopie, si mes souvenirs sont bons, pendant que ma mère se rhabillait derrière un paravent, le spécialiste m'a entraîné dans une pièce voisine et m'a chuchoté : « Votre maman a une tumeur dans la partie terminale du côlon, il faut l'opérer rapidement. Je lui ai dit qu'elle avait un polype qui risquait de mal tourner et qu'il fallait l'enlever. »

Depuis quarante ans, je vivais dans la terreur que l'on m'annonce ça, le début de la mort de ma mère. À l'âge de six ans, j'en avais perdu le sommeil. Et cet homme banal venait de prononcer banalement les mots les plus douloureux de ma vie, pendant que ma mère se rhabillait comme une enfant.

Nous avons replongé tous les deux dans l'été, maman et moi, mais l'été ne ressemblait plus à l'été.

Toute notre vie ensemble m'a sauté à la gorge et je n'avais même pas le droit de pleurer. Elle marchait près de moi, discrète pour ne pas me déranger, avec la mort dans son ventre. J'ai senti que c'était notre dernier été.

Le chirurgien nous a conseillé une radiothérapie légère avant l'opération afin de sécher ce qu'il nommait lui aussi le polype. Il tenait dans ses mains la lettre de son confrère. Je crois que ma mère déjà n'était plus dupe. Elle me laissait la guider comme une enfant s'abandonne dans les bras de son père. Elle ne voulait pas m'affoler. Elle continuait jusqu'au bout à me protéger.

Le lendemain j'ai mis son petit bagage dans le coffre de ma voiture et nous sommes partis pour la clinique Sainte-Caroline à Avignon. Nous avons longé le Luberon par cette route qui emprunte souvent l'ancienne ligne de chemin de fer qui reliait jusqu'après la guerre Apt à Forcalquier et que le printemps blanchit de narcisses.

L'été était merveilleux, c'était peut-être le jour de mon anniversaire, ma mère allait bientôt mourir.

Toute menue près de moi, timide, gênée de me voler un si beau jour. Je la sentais heureuse pourtant de rouler avec moi sur cette jolie route où tremblait l'été. Heureuse comme si nous partions en voyage. Heureuse d'être avec son enfant comme jadis dans ce car qui nous emportait vers les Alpes, loin de Marseille et des soucis d'argent. Heureuse d'être avec moi pour les derniers jours de sa vie et sachant très bien depuis la première trace de sang que la mort grignotait son ventre.

À la clinique, une infirmière nous a accompagnés dans une chambre très vaste. Il y avait deux lits. J'ai posé le sac de ma mère sur l'un d'eux.

Dans l'autre une femme couchée criait doucement. Nous avons regardé l'infirmière. « Elle est en phase terminale, nous a-t-elle murmuré, nous lui donnons de fortes doses de morphine, c'est sans doute sa dernière nuit, ensuite vous serez tranquille. » J'ai attrapé le sac et je lui ai dit : « Changez-nous de chambre, nous c'est juste un polype. — Impossible, a-t-elle répondu, nous avons admis votre mère en urgence parce que votre chirurgien a insisté, c'est le dernier lit. »

Ma mère a posé sa main sur mon épaule. « Ne t'inquiète pas, mon poussin, si cette femme a besoin de quelque chose, je serai là pour l'aider. »

Il y avait sans doute plus de vingt ans qu'elle n'avait pas osé m'appeler mon poussin. L'immense souffrance nous rapprochait. L'infirmière semblait très étonnée, non pas de ce mot affectueux employé pour un homme de mon âge, mais que ma mère avec un calme et une douceur extrêmes proposât d'aider cette femme qui partait.

La main de ma mère n'avait pas quitté mon épaule, elle m'a dit : « Je vais ranger mes affaires dans le placard et je m'étendrai un moment, cette chaleur m'épuise. Va boire quelque chose de frais au centre-ville, distrais-toi un peu, reviens quand il fera moins chaud. »

Je me suis assis sur la place de l'Horloge. Le festival de théâtre commençait, partout des jongleurs et des clowns distribuaient des tracts vantant leur spectacle. Autour de moi des centaines de gens riaient, une glace à la main. Je suis resté plusieurs heures sans bouger, sans entendre. Je n'en conserve qu'un épais souvenir de chaleur. Mes pensées étaient restées dans cette chambre de clinique où ma mère devait m'attendre étendue sur un lit à côté d'une femme qui criait.

Elle m'attendait assise sur son lit, son sac à main posé sur ses genoux. La mourante criait toujours. « Elle doit avoir soif, m'a-t-elle dit, j'ai voulu lui donner un peu d'eau, elle ne parvient pas à avaler. »
Nous sommes descendus faire un tour dans le parc. Il y avait de très beaux peupliers, si grands qu'une légère brise du soir y inventait un bruit d'eau. Les pelouses n'étaient pas entretenues, elles se tachaient d'espaces jaunes et terreux. Le

grand bassin était sec, rempli de feuilles mortes et de papiers. Un parc à l'abandon.

Nous avons trouvé une ombre un peu à l'écart et nous nous sommes assis dans l'herbe. Elle a retiré ses chaussures. Cela m'a fait plaisir. J'avais toujours vu ma mère se mettre pieds nus dès qu'elle apercevait trois brins d'herbe. « Toute l'énergie est dans la terre, disait-elle, et nous ne la touchons plus, nous ne respirons plus. Redresse-toi, mon enfant, remplis tes poumons, toute la force du monde est là et on ne le sait pas. »

Elle a sorti de son sac des biscuits et des pêches. « Tiens, il faut que tu manges un peu, au moins les pêches, on se déshydrate à une allure avec ces chaleurs. » Elle allait mourir et elle avait pensé à m'apporter un goûter.

Je n'ai rien pu avaler, ma gorge se serrait de minute en minute. Elle m'a dit : « Toute petite, j'ai eu une très grave gastro-entérite, les médecins n'ont pas compris comment j'avais survécu. » Elle souriait. « Toute ma vie j'ai eu les intestins en feu, je peux remercier Dieu de m'avoir laissée tranquille si longtemps. »

Elle s'est mise à parler de son enfance à Moustiers-Sainte-Marie, de la dureté de sa mère qu'elle avait adorée, de la bonté de cette nourrice qui l'avait allaitée au milieu de ses propres enfants les deux premières années de sa vie, parce que sa mère institutrice ne voulait pas perturber le cours de sa classe ni abîmer ses seins.

L'ombre des peupliers s'allongeait et lentement grimpait sur la façade rose de la clinique. Elle m'a parlé encore de son enfance à Moustiers, d'un cheval qui vivait dans un grenier, de l'étoile suspendue au-dessus de Notre-Dame-de-Beauvoir et des cachots souterrains de la gendarmerie qui la terrorisaient et où il n'y avait jamais personne sauf un alcoolique violent pour une nuit ou deux. Puis elle m'a dit : « Il se fait tard, Ève va t'attendre pour souper et Manosque ce n'est pas la porte à côté. » Comme beaucoup de gens de son âge ici en Provence, ma mère a toujours dit souper pour dîner, le dîner c'est à midi.

Oui, il se faisait un peu tard et Ève, avec qui je venais d'avoir notre fille Marilou, m'attendait certainement. Nous vivions encore à peu près heureux autour de ce bébé qui allait faire ses premiers pas alors que ma mère, là près de moi, faisait ses derniers.

Nous avons marché lentement jusqu'à la voiture, à l'autre bout du parc.

Je sentais que je ne pouvais pas l'abandonner là, dans cette chambre où une autre femme allait mourir dans la nuit en appelant Dieu, sa maman et quelques milliards d'années de poussière d'étoiles. La laisser devant le spectacle horrible de ce qui l'attendait dans les jours ou les mois à venir.

Je lui ai dit : « Il faut dénicher un distributeur, tu n'as pas d'eau minérale pour la nuit. » Elle a protesté et m'a suivi à l'intérieur des bâtiments. Brusquement elle était adorablement heureuse de ce minuscule sursis de tendresse.

J'ai trouvé encore deux ou trois gestes à faire autour de son lit pour gagner du temps, puis de nouveau elle m'a raccompagné jusqu'à la voiture. Ma gorge était serrée, je n'aurais pu prononcer le moindre mot. Il allait pourtant falloir lui dire au revoir, l'embrasser.

Je faisais un bond en arrière de trente ans. Ma mère, encore jeune, m'accompagnait en car pour la rentrée des classes dans une pension lointaine où je restais toute l'année. Elle ne revenait me chercher qu'à Noël et à Pâques. Quand l'heure de nous quitter arrivait le soir, près du car, et que trois interminables mois me séparaient d'elle, cette femme que j'aimais mille fois plus que moi-même, je sentais ma gorge se nouer atrocement. Je partais en courant dans la forêt vider mon corps des plus inépuisables sanglots.

Une souffrance atroce me balayait ; celle de devoir un jour dire adieu à cette femme qui m'avait tout donné et me protégeait encore.

Tendrement elle a posé sa main sur mes cheveux. « Ne pleure pas, mon enfant, je sais ce que j'ai. Je l'ai su avant les médecins. Rentre vite chez toi, la seule chose qui compte, c'est que vous soyez tous toujours heureux. »

Il y avait autour de nous et dans les arbres une douce lumière de fin d'été qui rendait plus cruels encore cette clinique et ce parc.

Autant juillet fut léger avec ma fille, autant ce mois d'août m'accable. Beaucoup de touristes en ville, aux terrasses des cafés, de chanteurs qui font la manche au bord des fontaines, de poussière le soir dans les rues et d'étouffante chaleur sous les tuiles où je vis.

Je n'arrive plus à avaler la moindre nourriture. Je ne sais pas m'asseoir seul devant une assiette pour manger lentement un plat que je me serais préparé. Je ne serai jamais un vrai célibataire, je suis un solitaire de hasard. J'ai grandi dans une famille nombreuse, chaque repas était une fête bruyante d'histoires racontées, de fous rires. Je dévorais tout. Ma mère disait en riant : « Arrête d'enfourner, tu vas te rendre malade ! »

J'ouvre une boîte de crème de marrons ou de riz au lait que je tripote en tournant dans la cuisine. Même pas la force de remplir une casserole de lait et d'attendre immobile que le riz gonfle.

Toute la journée je guette un coup de téléphone, la petite voix de Marilou, ma fille. Elles sont, elle et sa mère, dans un hameau perdu au bord du Tarn où il n'y a qu'une cabine publique.

Pourquoi ne m'appellent-elles jamais ? Je leur ai donné en partant une carte téléphonique.

Après neuf heures du soir je n'attends plus, je sais que Marilou s'est baignée toute la journée et qu'elle s'est effondrée de fatigue. Moi aussi je devrais aller nager dans la journée, m'épuiser. Comme pour les repas, je n'en ai pas la force. Je serais encore plus seul dans l'eau. Ici j'ai mes ombres, mes rêves, les traces de doigts de ma fille sur les murs.

Je ne dors plus qu'une heure ou deux la nuit. Je me réveille à trois heures du matin et je sais que je ne me rendormirai pas. J'ai beau me retourner mille fois dans mon lit, c'est fini. Mes yeux sont plus grands que le silence de la nuit. Comme tout le monde, je n'ai besoin que d'amour. Dans mon lit il n'y a pas d'amour, pas les fatigues de l'amour, les odeurs si bonnes. Il n'y a rien. Les draps noircissent là où inlassablement se retourne mon corps, des draps cirés d'insomnie que je n'ai pas envie de changer. Machine à laver, étendage, pliage... Pour la première fois de ma vie je comprends les clochards, c'est pour les autres qu'on change les draps. Des draps parfumés de lavande sont encore pires quand on ne dort pas. Alors j'imagine cette femme que j'aurais rencontrée dans les rues désertes d'un dimanche. Son visage, je n'ai aucun mal à le voir, je le porte en moi. Depuis des années il me regarde vivre. Cette femme s'assoit près de moi, pendant des heures, elle me parle. Lentement ses mots se posent sur mon corps. Ses mots deviennent des lèvres, des doigts. Ses mots sont aussi doux que des seins. Je fais l'amour avec sa voix, avec ses larmes, avec ses yeux perdus, avec chacun des mots qu'elle a dits depuis que je l'ai rencontrée dans les rues désertes de ma mémoire. Je fais l'amour avec tout ce que je sais d'elle, avec tous mes chagrins et toutes mes joies. Je fais l'amour avec son enfance et la mienne. Avec la ville où elle a grandi. Je fais l'amour avec le désespoir et la douceur de toutes les femmes. Elle me fait toucher dans ce désastre de bonheur, par chaque millimètre de ma peau, chaque secousse de mes nerfs, la plus poignante des folies.

Me suis-je senti une fois dans ma vie, l'espace d'une seconde, si violemment humain ? Si fragile et si immortel, si égaré et si puissant ? Soudain elle me rend beau. Aussi beau que son visage. Et c'est comme si je venais à l'instant de la créer.

Ce rêve merveilleux dure le temps que se

répondent les cloches aux trois clochers de la ville. Quatre coups, cinq coups... Maintenant la pâleur du jour va toucher les collines d'amandiers, les lavandes endormies et, au loin, le village où ma mère a grandi et qui porte son prénom, Moustiers-Sainte-Marie.

Les mains ouvertes, le cœur battant, on se met à attendre une femme qui est partie ou une autre qui pourrait venir. D'abord on l'appelle dans sa tête, puis doucement du bout des lèvres. Et une nuit on se met à gueuler. On l'a tellement attendue. On met la musique à tue-tête, n'importe quelle musique pourvu qu'elle vous arrache le cœur et le jette par la fenêtre. Une musique de guerre. On se fout à poil et on hurle, on transpire, on rugit, en lançant aux quatre coins de la nuit ses bras douloureux de détresse. Danse de guerre.

Les voisins sont terrorisés, ils n'osent pas appeler la police. Quand le disque est fini on s'effondre près du téléphone, trempé sur le carrelage brûlant des nuits d'été. On attend que sonne le téléphone mais il ne bronche pas, noir et éteint comme une main coupée, une main morte sur un guéridon.

Ce sont les mots qui reviennent les premiers,

non les femmes qui sont parties. Les mots reviennent à pas de loup, aussi silencieux que des papillons noirs. Les mots ne nous trahissent pas. Ils nous effraient, ils nous fuient. Lorsqu'on a vraiment besoin d'eux, ils entrent dans la maison par les fenêtres et par les portes, par le soleil et par la lune, par toutes les lumières des saisons. Ils se glissent partout, dans les chemises, dans les placards, dans les draps. Violemment ils vous accrochent le ventre, vous poussent vers la table. On ouvre un cahier, on attrape un stylo. Ils sont là, précis et rassurants comme une mère.

Les mots nous sauvent de tout. Ils remontent de si loin. Ils nous viennent de nos mères.

Les premiers mots d'abord, les plus simples, les plus forts. Le mot maman, le mot amour, le mot caresse. Tous les mots ne sont pas dans les dictionnaires. Les vrais mots sont dans le regard d'une maman, dans son sourire. C'est le sommeil retrouvé, la grande paix de la nuit, les téléphones inutiles, le vol lent et bleu des rêves. Écrire c'est aimer sans la peur épuisante d'être abandonné. Seules les mères et l'écriture ne nous abandonnent jamais. Chaque cahier qui s'ouvre est un berceau calme et blanc. Chaque cahier fait de nous un enfant.

Depuis des années je fais aussi écrire des détenus à la prison des Baumettes à Marseille. Ce sont les hommes que je comprends le mieux. Ils m'ont offert des heures extraordinaires, une vérité, une force que je ne trouve pas dehors. Mes complices d'émotion. Pendant cinq ans, dix ans, quinze ans, ils s'accrochent aux mots pour ne pas se pendre. S'ils franchissaient les murs on leur tirerait dessus du haut des miradors. Ils franchissent des frontières intérieures. Ils ouvrent un cahier et, quand la nuit mure leur cellule à cinq heures du soir en hiver, ils reprennent leur voyage vers les régions les plus lointaines d'eux-mêmes, ils traversent l'immense forêt des souvenirs dans le silence des feuilles qui tombent. Chaque feuille qui se détache de l'ombre et vient se poser sur leurs épaules et sous leurs pas est un mot. Pendant des années, les prisonniers avancent sur ces milliards de mots qui sentent l'automne, la brume et la forêt, et parfois durant quelques instants ils parviennent à oublier leur solitude, à écarter leur souffrance.

Lundi dernier, j'ai quitté la prison à cinq heures. Le soleil était si haut dans le ciel et si vide l'appartement qui m'attendait que j'ai pensé à Polo. Polo est sorti des Baumettes il y a quelques mois. Il a dû faire seize ou dix-sept ans de prison. La dernière année il était bibliothécaire au bâtiment D et venait chaque lundi à l'atelier d'écriture. C'est ainsi que nous sommes devenus amis. Malgré les barreaux ses yeux sont restés rieurs et il a la franchise des gens qui n'attendent plus rien.

C'est un Corse de cinquante ans qui a été un grand voyou dans sa jeunesse ; il n'a plus qu'un désir, s'acheter une barque et vieillir doucement une ligne à la main en longeant des côtes rousses ou blanches. Il lui reste un petit bistrot dans un quartier lointain de Marseille. Quelques heures avant d'être libéré, il m'a serré dans ses bras très affectueusement. « Si tu ne passes pas au *Bar César* au moins une fois par semaine, je mets un contrat sur toi. » Tous les détenus ont éclaté de rire. Depuis, chaque lundi, ils me demandent : « Alors, tu es allé voir Polo ? »

J'ai traversé tout Marseille, le bar de Polo est boulevard Odot. Un quartier de tuiles plates, d'entrepôts et de poussière, les autoroutes l'ont éventré. Les trottoirs sont si déserts qu'on a toujours l'impression d'être dimanche après-midi.

Je me suis garé en plein devant le *Bar César*, sur le trottoir ; Polo est sorti en courant, ma voiture obstruait le passage et la porte du bistrot. Quand il m'a reconnu, j'ai cru qu'il faisait un arrêt cardiaque. Il m'a serré dans ses bras jusqu'à ce que la parole lui revienne. Il m'a entraîné à l'intérieur et il a crié : « Je vous présente mon ami l'écrivain ! Ce salaud m'a oublié mais je l'aime quand même ! » Il m'a présenté à sa femme, une belle Corse noire de cheveux, de robe et de regard, et à sa fille perchée sur un tabouret derrière le comptoir, dix ans de malice déjà perverse d'avoir tout vu, tout entendu, tout compris des précipices de la vie.

« Tournée générale ! » a hurlé Polo sans lâcher mes épaules. Puis me désignant sa femme : « Des mois que je lui parle de toi, elle a lu tous tes livres. Demande-lui ce qu'elle en pense. Elle en parle à tous les copains. Elle était sûre que tu ne passerais pas, elle disait : "Qu'est-ce qu'il viendrait faire ici, un écrivain ?" Tu m'as fait perdre la figure ! Et moi je lui répondais, je te dis qu'il va venir, c'est un type comme tout le monde, un type comme toi et moi. »

Sa femme souriait en remplissant les verres de pastis. Un petit bistrot comme il y en a six dans chaque rue de Marseille, avec deux flippers, la photo couleur d'une femme vue de dos, les fesses provocantes et nues, et dix clients accrochés depuis onze heures du matin à un pastis sans eau.

L'un d'eux a fait signe à la patronne afin qu'elle remette ça, puis un autre et encore un autre. Toujours le même geste de la main, pouce baissé vers le comptoir, traçant une ligne imaginaire, une ligne d'anis pour achever les gladiateurs.

Beaucoup de Corses. Ils sentaient que c'était un grand moment pour Polo, ils tenaient à lui faire plaisir, à me faire honneur. Les glaçons tintaient dans les petits verres que je n'avais pas le temps de vider. La patronne ne lâchait pas la bouteille et plus personne ne savait à quoi on trinquait. Polo me tapotait le dos. J'étais content d'être venu, d'être là avec ces hommes que je n'avais jamais vus, sous cette bretelle d'autoroute.

En face, une lumière de fin d'été s'accrochait aux affiches lacérées, aux vieilles portes à la peinture éteinte, à trois géraniums en train de crever sur le rebord d'une fenêtre ouverte; la fenêtre d'une chambre à coucher où l'on apercevait un lit défait et une armoire à glace où se reflétait la devanture étroite du *Bar César*.

Un unijambiste a longé le trottoir d'en face, aussi minable et vieux que le quartier, aussi lent que cet après-midi interminable d'été, et je lui ressemblais tellement, je ressemblais si fort à tout ce qui m'entourait, cette poussière, ces hommes perdus dans l'alcool, ces petites maisons de deux étages semblables à celle où j'avais grandi, à Polo qui était resté presque vingt ans seul dans une cellule et qui trouvait encore la force de sourire, d'être ému et de toucher mon dos.

Brusquement la montagne d'anxiété que j'avais accumulée dans le corps depuis le début du mois d'août s'est effondrée et je me suis senti aussi léger que cette soirée d'été, aussi calme que ce boulevard où ne passait plus aucune voiture, aussi agréablement perdu que tous ces hommes qui se noyaient dans les vapeurs d'anis pour trouver la force de rentrer chez eux et de s'abattre sur un lit.

Tout valsait autour de moi, les verres se remplissaient et se vidaient aussitôt. J'entendais des paroles qui n'avaient aucune conséquence, aucune signification, elles tournaient pour nous rassurer, pour nous caresser ; comme ces dix ou quinze pastis que je venais d'avaler, elles me faisaient du bien. Pour la première fois depuis que ma femme était partie, j'étais bien, totalement bien. Aussi minable et aussi beau que chaque molécule de cet îlot de naufragés aux confins de Marseille. Vidé de toute angoisse, de toute jalousie. Vidé de toute haine. Et l'homme avec qui ma femme vivait maintenant, je le comprenais. J'aurais voulu que la femme de Polo ne s'arrête jamais de nous resservir.

Toutes les dix minutes, comme les autres, j'allais aux cabinets et les yeux clos, la tête renversée en arrière, le corps de plus en plus heureux, je pissais à l'endroit où devait se trouver la cuvette.

À un moment de la nuit, Polo a mis tout le monde dehors. Il a dit à sa femme : « Emmène la petite au restaurant chinois, je veux être seul avec mon ami. » Il a baissé le rideau métallique. Dans la petite cuisine au fond du bistrot, il nous a préparé des pâtes, comme celles qu'il avait pris l'habitude de faire en prison avec trois fois rien.

Nous nous sommes installés de part et d'autre d'une table. Polo a débouché sa meilleure bouteille de rouge et nous sommes restés sans parler, égarés et heureux dans une nuit et une ville qui n'existaient plus.

Pendant presque tout le mois de juillet, je suis retourné chaque jour voir ma mère dans cette clinique d'Avignon. La radiothérapie l'épuisait. Je roulais sous la grosse chaleur pour arriver juste après sa sieste, vers quatre heures. Chaque jour je la trouvais un peu plus fatiguée, un peu plus lente. Elle maigrissait et ses yeux se creusaient.

Nous descendions nous asseoir un moment dans l'herbe du parc sous un saule pleureur, près du bassin vide. Sa voisine de lit était morte et on l'avait enfin changée de chambre. Elle ne me parlait plus comme le premier jour dans ce parc, de son enfance dans les Basses-Alpes, de ses premiers émerveillements, ses premières terreurs, ses émois de petite fille amoureuse. Elle me demandait comment allaient Ève, Marilou et notre chienne Zoé.

Un soir alors que j'allais la quitter, elle m'a

dit, les yeux envahis de détresse : « Ramène-moi chez moi, ces rayons me tuent, ils me brûlent le ventre. Si je dois mourir, autant que ce soit chez moi. Tu le vois bien, je ne tiens plus debout, je me traîne. »

Et moi, parce que j'avais encore confiance en la médecine, parce que je voulais sauver ma mère à tout prix, je l'ai un peu grondée, comme on secoue un enfant qui refuse son traitement. « Non, maman, je ne te ramène pas, tu vas finir tes rayons. Si tu arrêtes maintenant ça n'aura servi à rien. Je n'ai pas envie que tu meures, ni ici ni chez toi. Tu vas te laisser soigner, un point c'est tout ! C'est la grosse chaleur qui t'épuise. »

Son visage s'est décomposé. « Mais tu ne comprends pas qu'ils ne me soignent pas, ils me tuent. Ce genre de médecins avec clinique, grosses voitures et tout et tout, je les connais. Ah ! mon pauvre enfant, tu es naïf, tu crois qu'ils pensent à nous ? Ils ne pensent qu'à leurs maîtresses et à l'argent qu'il leur faut pour les entretenir ! »

Je me suis mis en colère, je l'ai ramenée dans sa chambre et je m'en mords les doigts. Je le regretterai du plus profond de mon cœur jusqu'au dernier souffle de ma vie. Elle avait raison ! Ils étaient en train de la brûler, de brûler ses intestins, ses ovaires, d'incendier son ventre. Oui, elle avait mille fois raison ! Elle défendait son corps et moi j'étais aveuglé par la peur de la perdre. J'aurais dû m'enfuir avec elle. Ne pas la laisser une seconde de plus dans cette médecine inhumaine. C'est le plus grand regret de ma vie. Je ne me le pardonnerai jamais!

Une semaine plus tard, une ambulance la transportait à Manosque, à bout de forces, dans une autre clinique médicale, le ventre entièrement brûlé, avec une plaie dans le bas du dos de vingt centimètres de diamètre; une brûlure au troisième degré semblable à une énorme escarre. Une plaie creusée, sanglante, affreuse. Elle s'était laissé brûler le ventre pour ne pas me contrarier.

Vers neuf heures du soir, après l'avoir quittée, je rentrais chez moi à Manosque. Marilou dormait dans son petit lit blanc. J'étais incapable d'avaler la moindre miette du repas qu'Ève avait préparé. Je prenais ma fille dans mes bras et je la serrais avec toute la force de ma douleur. Longtemps je la regardais dormir, et j'essayais de puiser de son visage celui de ma mère, le visage qui avait dû être le sien, enfant. Je retrouvais la même fossette au milieu du menton, l'obscurité bleue des paupières closes, la forme exacte des sourcils fournis et peu réguliers dont j'ai moi aussi hérité.

Pendant des heures, je contemplais ce bébé qui ramenait la paix dans mon corps. Je frôlais du bout des doigts ses paupières bleues, son nez chaud, sa délicieuse fossette. Je regardais ses petites mains s'ouvrir et se fermer avec la grâce des anémones de mer. Je la regardais si fort que parfois son corps sursautait, un sourire éclairait ses rêves. Elle tétait un instant sa bouche et sa fossette s'effaçait.

Je venais de vivre avec ce bébé, ma fille, une année de bonheur. Sans doute la plus belle année de ma vie. J'étais incapable de m'éloigner d'elle plus de deux heures. Je la regardais dormir, et cela aurait continué s'il n'y avait pas eu la maladie de ma mère, cette brutale douleur.

À l'âge de deux mois, elle m'avait offert son premier sourire, pas ce rictus d'après le biberon, un vrai sourire. Un sourire d'amour. Quinze jours plus tard, j'avais imité pour elle le caquètement de la poule et elle avait éclaté de rire. Son premier rire. J'ai appris à le faire dans le petit village des Alpes où enfant je venais en vacances. Je passais mes journées collé au grillage des basses-cours à observer les troupeaux de poussins s'éreinter à poursuivre leur mère. Pour perturber leurs interminables promenades, brusquement je me mettais moi-même à glousser.

Chaque soir je la prenais dans mes bras et nous dansions lentement, comme des amoureux, en écoutant Radio Nostalgie où il n'y a que de la musique douce.

Pendant un an je l'ai regardée s'endormir dans son lit de bois blanc, toujours avec les mêmes petits gestes bouleversants. Elle se frottait l'oreille, s'écrasait le nez, suçait son index et se mettait à chanter.

Maintenant Marilou a six ans, elle est toujours en vacances avec sa mère dans ce hameau du Tarn. S'accroche-t-elle comme moi dès le matin au grillage des poulaillers ?

Ses petits bras me manquent, ses paupières baissées de malice, le défaut de langue qu'elle n'a qu'avec moi. Je suis seul.

Ce mois d'août aura été cruel. Jours noirs. Interminables jours de silence. Le même ciel immobilement bleu. Dès le matin, chaque heure ajoute son poids d'attente. Rien. L'anxiété plus lourde que le monde.

La nuit je m'enfuis. Je roule sur les routes sinueuses des Alpes et du haut Var, les plus étroites, les plus oubliées. Celles qui n'appartiennent qu'aux renards et au vol gris des oiseaux de proie. La lune y meurt et renaît mille fois entre les chênes plus épais que les ténèbres. Des routes qui ressemblent à ma vie.

Je valse sur le ruban noir de la nuit après avoir bu huit ou dix pastis dans les bistrots que je croise. Je laisse derrière moi les villages endormis, les forêts, la mousse des fontaines et je valse, valse en écoutant le *Requiem* de Verdi ou pour la centième fois Céline Dion chanter « Pour que tu m'aimes encore ». C'est la chanson préférée de Marilou. Quand elle est avec moi, nous l'écoutons en mangeant, en jouant, en nous endormant. Pense-t-elle à sa mère qui ne m'aime plus ?

J'aime cette ivresse apaisante, ces verres jaunes en passant sur un comptoir de l'autre siècle, entre deux braconniers et un voleur de cuivre. Ces mots d'anis qui allègent mon cœur. Ces mots rugueux.

C'est en sortant de l'un de ces petits bistrots, ni plus saoul ni moins que les ombres avec qui je venais de trinquer sans les voir, que je pensai « Un été jaune et noir ». Jaune comme ces guirlandes de pastis, petites lumières de fête foraine, qui font chanceler ma mémoire ; noir comme la nuit où s'épuise mon cœur. Jaune et noir comme les couvertures de la « Série Noire ».

Ça doit faire du bien de temps en temps d'étrangler quelqu'un, le premier venu, pour faire exploser son angoisse ; quelque chose de plus cruel que la bête en nous. Jaune et noir comme le crime qui nous délivre des honnêtes gens.

J'aime m'abattre sur mon lit et m'endormir comme on meurt alors que la lumière rouge du répondeur ne clignote pas, que je n'ai à écouter que le message que j'ai laissé en sortant, avant que tombe la nuit. Je bois pour que la nuit ne tombe pas.

La voix de nos enfants. La voix de Marilou. Quelques secondes de voix lorsque le ciel bascule. Ève, ma femme, n'y pense pas. Elle passe un bel été au bord des rivières avec son nouvel amant plus jeune que moi qui doit lui faire si bien l'amour sous les branches des saules, comme tous les jeunes amants qui connaissent le vertige de leur peau douce, de leurs yeux verts.

Moi aussi je lui ai fait l'amour dans la fureur, au moins pendant dix ans, sur toutes les routes d'Europe, dans tous les hôtels où nous rêvions. Que de voyages avec elle, de villes, de folies. Que de beauté son corps. Son corps sous le soleil de midi dans un village blanc d'Andalousie, son corps au bord du Nil la nuit, nu sur une felouque, son corps sombre dans les carrières d'ocre de Roussillon. Son corps d'Algérie et du Péloponnèse. Son corps au bord d'un désert, frappé par le soleil qui sort des dunes. Son corps dans les cités d'argile rousse. Son corps si nu sur la colline où nous avons longtemps vécu, ici à Manosque, si splendidement beau sous une lumière de raisin ou dans la pénombre brûlante de notre chambre les après-midi d'été. Étendue sur le ventre, nue sous l'hystérie des mouches prisonnières.

Ce corps me brûle. Lentement je l'arrache du mien. Vingt ans de souvenirs, vingt ans de mots, vingt ans contre sa peau. Combien faut-il d'années pour arracher à un corps vingt ans d'émotions, de beauté ?

Aujourd'hui je ne veux qu'une chose, la voix de ma fille, quelques mots. « Papa, mon papa, je reviens bientôt te serrer dans mes bras. Je t'aime trop. »

Je ne regarde plus les pleins cartons de photos où je suis avec Ève sous toutes les lumières d'Europe, sur toutes les places de toutes les villes où l'amour nourrit les pigeons, dans toutes les forêts, tous les déserts où elle laissait glisser sa robe pour affoler le jour, incendier la nuit, me rompre.

Je ne regarde que celles où je peux voir grandir ma fille, son visage heureux, ses bras levés vers moi, vers mon bonheur.

De tout cela nous parlons souvent avec les détenus des Baumettes, durant les trois heures que dure l'atelier d'écriture. Nous ne parlons même que de cela. Qu'existe-t-il au-delà de l'amour ?

Les femmes, ils en rêvent, les détestent, les inventent. Celles avec qui ils ont vécu dehors les ont abandonnés ou les abandonneront bientôt, épuisées par les années de parloir, emportées par la vie. Ils sont sans illusions, ne leur demandent rien.

Elles viennent, s'assoient en face d'eux, et lentement les yeux et les mots s'éteignent, les corps ne se cherchent plus dès que s'éloignent dans le couloir les pas du gardien. Discrètement, au fil des semaines, ils guettent sur leurs visages les appels de la vie, les appels des rues où le vent pousse les saisons, le soleil et le désir des hommes.

Quand ils pensent à leurs enfants qui ne viennent plus, les détenus baissent leurs yeux qui s'emplissent de larmes.

La semaine dernière, Jacky nous a lu un texte qu'il venait d'écrire la nuit dans le silence de sa cellule. « La mort blanche. » Quand l'un d'eux prend un stylo, c'est rarement pour raconter les dernières vanités d'un quelconque salon où ils ne mettront jamais les pieds, où personne ne les a invités. Si la grammaire n'est pas toujours saluée, les cris qu'ils poussent la nuit dans leurs cages de béton vous déchirent le ventre. Ils écrivent au rasoir.

Jacky racontait le dernier parloir avec sa femme et sa fille de six ans.

Sa fille est née quelques jours avant son incarcération. Pendant six ans, elle et sa mère sont venues le voir dans toutes les prisons où il a été transféré. Depuis longtemps, Jacky savait qu'aucune femme ne peut supporter cette vie, cette douleur. Il est condamné à dix-huit ans de réclusion. Sa femme est donc revenue pour la dernière fois lui dire qu'elle ne pouvait plus, qu'elle ne viendrait plus. Que toutes ces prisons l'avaient usée, détruite. Elle l'a expliqué à Jacky doucement, en essayant de trouver les mots qui coupent le moins, les mots que leur fille comprendrait un peu. Sur la petite table du parloir, l'enfant dessinait. Elle dessinait papa dans la maison de repos, au milieu des uniformes, des grilles, des miradors. Les mamans ne disent jamais aux enfants que leur père est en prison, pour les gens du quartier et pour l'école, on va le voir à la maison de repos. L'enfant dessinait sans relever la tête, sans écouter.

Soudain le gardien a ouvert la porte du parloir et a dit : « Parloir terminé ! » Jacky s'est dressé. Il n'avait pas la force d'embrasser ces deux êtres qui étaient toute sa vie et qui s'en allaient pour toujours. Tout son corps tremblait. Il a fait un pas vers le couloir, vers la détention qui allait désormais broyer sa solitude absolue.

À cette seconde, alors qu'il allait disparaître, la petite fille qui n'avait pas relevé la tête s'est jetée sur les jambes de son père et les a serrées avec toute la force de ses six ans. Sa maman a essayé de desserrer l'étreinte, de parler, d'ouvrir les doigts. La souffrance avait tellement envahi l'enfant que rien au monde n'aurait pu lui faire lâcher prise.

Le gardien s'est mis à tirer Jacky vers le couloir pendant que la mère tirait l'enfant vers la sortie. La petite fille ne criait même pas, elle serrait plus fort dans un silence de désastre. Une telle concentration de désespoir, de silence et de douleur que Jacky a entendu les ongles de sa fille s'arracher l'un après l'autre de la toile en jean de son pantalon.

Le soir dans sa cellule, lorsqu'il s'est déshabillé, il a vu au bas de son pantalon les traces de sang. Tous les hurlements de détresse que la petite fille pendant six ans n'avait pu pousser.

Quand Jacky, la voix dévastée, a achevé la lecture de « La mort blanche », le silence était tel autour de notre table que durant plusieurs minutes personne n'a pu extraire un seul mot de sa gorge. Dans les mains de cet homme qui passe pour un dur et que chacun respecte, le cahier à carreaux d'écolier tremblait. Les larmes étaient dans tous les yeux, et la férocité accumulée dans les prisons durant toutes les années par des milliers d'hommes perdus n'avait pas suffi à détruire ces instants inouïs que nous venions de vivre et qui faisaient de chacun de nous, escroc, braqueur ou innocent, des hommes d'une fragilité extrême. Caïds ou voleurs de poules, des hommes encore capables d'aimer.

Je me disais en écoutant la voix brisée de Jacky, sa voix de sanglots, ce n'est pas ma friable notion du bien et du mal qui m'évitera de rejoindre un jour ces hommes ensevelis sous la nuit, mais mon si vaste amour pour Marilou. Personne, un seul instant, ne m'arrachera d'elle.

Une ambulance a ramené ma mère à Manosque, le ventre entièrement brûlé par deux semaines de rayons. Elle ne tenait plus debout. En quinze jours elle avait pris dix ans.

J'ai suivi en voiture l'ambulance où elle était couchée. En moi la révolte grondait, plus incandescente que la douleur. J'étais sûr que, dès que ma mère serait installée dans un autre lit, je courrais incendier cette clinique, la rayer de la carte avec ses médecins qui se gavaient et les opérateurs qui avaient traité ma mère comme du bétail.

Des nuits entières, j'ai voulu retourner mettre le feu à cette clinique Sainte-Caroline, mais dans une clinique en flammes ce sont les malades qui brûlent, pas les médecins.

Retenez bien ce nom « Clinique Sainte-Caroline » à Avignon. Si vous devez y être hospitalisé, fuyez à toutes jambes dans le sens opposé ! Si vous y avez un malade, retirez-le à la seconde où vous lirez ces mots. Ces mots qui ne seront jamais assez durs, assez violents pour ces caïmans qui ont hâté la mort de ma mère. Je n'avais qu'une mère, la plus douce des mères, la femme la plus généreuse de la terre. Ils l'ont tuée !

Maintenant c'était une petite vieille cassée sur sa douleur. Un mois plus tôt elle gambadait encore dans toutes les ruelles du matin parfumées de café, de fruits et de brioche au beurre. L'après-midi, après les grosses chaleurs, elle partait seule sur les sentiers des collines, traversait comme un renard farouche et heureux des olivaies abandonnées, des ginestes et de vastes forêts de pins noirs.

Une infirmière l'installa dans une chambre sans cabinets. C'était ici aussi la seule disponible en attendant qu'une meilleure se libère, nous dit-elle. Les toilettes étaient au bout d'un étroit et long couloir.

Commencèrent alors les éreintants voyages de ma mère de sa chambre aux toilettes, où elle devait aller vingt fois par jour ; son intestin grêle brûlé, la diarrhée était permanente.

On la mit sous perfusion. Elle se déplaçait à

petits pas fourbus, une aiguille dans le bras, charriant avec elle potence et flacons.

Le calvaire débuta sous la canicule du mois d'août quand on n'est pas au bord de l'eau. Ève, ma femme, partit en vacances avec Marilou qui faisait ses premiers pas. Je restai seul, comme aujourd'hui, perdu sous une lumière cruelle.

Le sommeil quitta mon corps. Il n'y eut plus que la poussière des jours, la chaleur suffocante des nuits et ces longs couloirs de clinique où toute la journée je croisais sans les voir des chariots de compresses et d'alcool, des robes de chambre épuisées et des silhouettes blanches.

Quand j'arrivais le matin, je la trouvais égarée dans sa chambre, à la recherche d'un gant de toilette ou d'un lambeau de son passé. Le visage de plus en plus ravagé par la douleur et l'insomnie, elle me disait : « J'ai sonné toute la nuit, j'étais morte de soif, personne n'est venu. » Je descendais en courant secouer la chef de service qui me répondait : « Il n'y a qu'une seule infirmière la nuit, elle ne peut pas être partout, cependant ça m'étonne, quand une malade sonne on va voir. » Ma mère avait crevé de soif toute la nuit. Toujours la même mécanique des cliniques, personnel réduit, profit. Je remplissais son placard de bouteilles d'eau minérale.

Vers dix heures du matin, une infirmière me demandait de sortir de la chambre. Elle retapait le lit et appliquait des pansements gras sur la plaie sanglante et infectée qui s'élargissait dans le dos de ma mère. Personne n'osait accuser de grave erreur médicale la clinique d'où elle venait. Un jour, le médecin ou l'interne prononçait le mot escarre, le lendemain, avec mille prudences et expressions savantes, parlait de plaie aux allures de brûlure. Il s'esquivait en deux entrechats dubitatifs, suivi par les infirmières dont le regard compatissant m'en disait beaucoup plus long.

Et nous restions seuls, ma mère et moi, assis côte à côte au bord de son lit, dans la lumière blanche du malheur. Côte à côte, si près l'un de l'autre, comme nous n'avions jamais cessé de l'être depuis le jour où elle me mit au monde entre deux moulins, sous un ciel de feu qui faisait fondre Marseille.

Jusqu'à l'âge de dix ans, je me suis endormi dans les cheveux de ma mère. Après le repas du soir elle s'asseyait pour souffler, devant le poêle à charbon ou la fenêtre de la cuisine ouverte sur l'été. Je grimpais à califourchon sur ses genoux et, l'enlaçant de tous mes bras, j'enfouissais mon visage dans son cou.

Je recevais sa voix par tout mon corps. Elle

courait sur ma peau, entrait dans mon ventre, ma poitrine, mes cuisses. Ma mère résonnait calmement très loin en moi. Sa voix caressait mon sang, chacun de mes muscles, mes os.

Elle m'a porté en elle pendant dix ans. J'ai pris chaque jour dans sa chair sa sensibilité maladive, sa timidité d'ombre, son cœur sauvage. Je suis resté dix ans dans ce ventre où battait la révolte. Maintenant il brûlait à vingt centimètres de moi sur ce lit de clinique.

Paisible, je m'endormais sous ses cheveux dans une odeur de caramel et de fatigue. Sa peau. La peau d'une mère. Le plus beau parfum de la terre.

Et maintenant, malgré l'atroce douleur, je n'osais pas poser ma main sur ses cheveux, toucher un peu sa joue du bout des doigts, lui dire : « N'aie pas peur, maman, je reste avec toi. » Lui prendre la main. « Je ne t'abandonne pas. » J'en mourais d'envie et je ne pouvais pas. J'étais devenu un homme ; une forteresse de pudeur. Pour elle j'étais encore son bébé, celui qui venait à l'instant de glisser de son ventre entre deux moulins, face à la mer étincelante et debout.

Avant de mourir elle attendait que je la serre dans mes bras comme après la guerre dans notre cuisine. Quarante ans de tendresse. Toutes les rues de Marseille, les tramways, les soirs rouges de mistral et ces milliers de regards penchés sur moi. Ces millions de sourires, de silences d'amour, de pas dans la complicité de nos manteaux d'hiver. J'avais envie de dire Maman... Maman... Maman... Parce que rien n'est plus doux à dire, plus bouleversant. Dire maman jusqu'à ce que le sommeil m'emporte. Le sommeil des enfants qui ne sont jamais seuls, qui ne connaissent pas la solitude des gares et des trains qui s'en vont.

C'est à dix ans que j'ai connu l'odeur de la séparation. Deux ans de pension très loin, l'école de quartier ne me voulait plus. L'odeur de la gare Saint-Charles. Aucune autre n'a la même. J'en ai connu plus tard des gares ; l'odeur de la gare de Lyon, celle de la gare du Caire ou d'Istanbul, toutes les gares oubliées de province, désertes entre les deux seuls trains du jour. Le soleil sur un quai à trois heures de l'après-midi. Chacune a son odeur. La gare minuscule de Roquebrune-Cap-Martin est cachée sous les figuiers ; toutes les petites gares des Alpes sentent l'acacia sauvage et le marronnier.

La gare Saint-Charles, je ne peux plus y entrer, son odeur arrache mon cœur. Un seul pas à l'intérieur et je suis foutu. Je revois tout. Mes parents sur le quai, au loin la pension. Les aiguilles de la grande horloge. Deux ans. L'odeur de cette verrière recouverte de poussière, de ces trains qui ne sentent pas comme ailleurs. L'odeur qui monte de Marseille par les grands escaliers blancs. Une lumière d'Afrique, une rumeur d'exil. Une ville entre la mer et une gare. La ville de ma mère, notre ville. La ville des souvenirs. Cette odeur des départs qui déchirent les amours, qui écartent les enfants de leur mère.

Pour moi il n'y a qu'une gare et je n'y retournerai jamais.

Belles pourtant étaient les infirmières qui passaient dans les couloirs, entraient un instant dans la chambre pour un geste, un mot. Belles d'été, de criques, d'amour. Belles ces jeunes statues de coton blanc. Mais le vrai sommeil est dans le cou d'une maman. Juste avant de connaître l'odeur des gares et le départ des trains.

Ève et Marilou sont revenues de vacances, sans que je le sache, sans me prévenir. J'étais allé faire trois courses à Prisu. Dès que j'ai débouché sur la place, Annick, qui tient une boutique de tissus provençaux sous mes fenêtres, m'a dit : « Ta fille est rentrée, elle est là-bas à la terrasse du café, elle t'attend depuis un bon moment. »

Je me suis approché doucement. Elle était assise dans un fauteuil jaune, près d'une petite table, sans consommer. Elle ne m'avait pas vu arriver. Je me suis discrètement accroupi près d'elle et j'ai posé ma main sur son genou. Son visage s'est tourné vers moi et nos cœurs se sont arrêtés.

Nous sommes restés longtemps comme ça, sans pouvoir parler, moi accroupi, elle minuscule enfoncée dans son fauteuil. Elle avait l'air de ne pas y croire. Ses yeux semblaient plus noirs sous ses cheveux que les rivières et le soleil avaient blondis. Ses petits bras nus étaient presque aussi sombres que ses yeux. Elle cherchait sur mon visage tout ce qu'elle avait laissé sur cette place un mois plus tôt. Moi aussi. Un mois qui avait duré mille ans. Un mois noir. Son sourire hésitait entre malice et timidité.

Elle s'est jetée dans mon cou et m'a serré de tout son petit corps. Elle n'a prononcé qu'un mot : « Papa. » Puis j'ai entendu de légers bruits de bouche. Je ne savais pas si elle pleurait ou si elle riait. Toute la terrasse du café nous regardait. Nous ne bougions pas. Elle essayait de rentrer dans mon corps, de toutes ses forces, comme j'avais voulu retourner dans celui de ma mère pendant tant d'années. C'était bien ma fille. C'était bon. Mon bébé de six ans.

Aujourd'hui Marilou est rentrée à l'école, en c.p. La maternelle c'est fini, elle aura désormais un cartable sur le dos.

La ville était pleine d'enfants propres et graves. J'avais la colique. J'ai toujours eu horreur de l'école. Aujourd'hui, à près de cinquante ans, ça continue. Durant ma première enfance, nous rentrions le premier octobre. Fini la lumière bleue des collines, le parfum des rivières, les melons volés au bord des champs, le corps des petites filles entrevu sous les peupliers.

Sa petite main toute serrée dans la mienne, nous sommes arrivés devant la salle de classe. La maîtresse a dit aux enfants d'entrer et de choisir leur place. Les parents devaient rester dans la cour. Je me suis engouffré dans la classe avec Marilou et, avant qu'il ne soit occupé, j'ai bondi vers le bureau le plus proche de la fenêtre, le plus inondé de lumière. C'est ce que je faisais enfant car je suis presque aveugle, je n'ai jamais accepté de porter des lunettes. Même là, tout contre le ciel, je n'y voyais pas et je commençais à attendre l'été et le silence des hameaux qui ne nous demandent rien.

Je me suis assis un instant dans le petit bureau qui allait être pendant un an celui de ma fille, pour savoir si ce serait supportable. Elle a pourtant une excellente vue. La maîtresse m'a regardé de travers. Ce regard ne m'a pas dérangé. Je le connais bien. Pendant des années, tous les maîtres de l'école communale où j'allais à Marseille m'ont fixé ainsi, durement. Aucun ne s'est aperçu que j'étais presque aveugle, ils me prenaient pour un rebelle un peu débile.

Toutes les odeurs de calvaire étaient là,

intactes. Odeurs de cartable neuf, de craie, d'instruments de torture. Un peu plus de plastique, un peu moins de cuir. Ma colique a gagné du terrain, les odeurs lui sont fatales. Chacune d'elles contient des pyramides de souvenirs.

J'ai installé Marilou à ma place et je lui ai dit de ne plus bouger afin qu'on ne la lui vole pas. Je suis resté un moment au fond de la classe pour surveiller. La maîtresse me regardait maintenant méchamment, alors j'ai fait ce que je n'aurais pu faire durant toute mon enfance, je suis sorti dans la rue et j'ai rempli à fond mes poumons de lumière.

Je pouvais faire n'importe quoi, boire un café à la première terrasse ou pisser contre le mur de l'école. J'ai souri en pensant aux premiers mots que ma fille m'avait lus la veille au soir alors que nous nous mettions tous les deux à table, les premiers de sa vie. Elle a pris dans ses mains la boîte de conserve et elle a lu : « Sandrine à l'huile, Petit Navire. » Je suis resté cinq bonnes minutes la bouche ouverte, la poêle à la main.

Malgré ma colique qui grondait je suis allé boire un café en attendant onze heures et demie. Ma fille sait lire... J'ai encore dans l'oreille les premiers mots qu'elle prononça : «Até baba» (gâté papa) et «Badum» (bateau). Elle se tenait debout, fragile, bras écartés, riait de peur et se laissait tomber sur les fesses. Elle avait dix mois. Nous vivions tous les trois. L'automne arrive.

Chaque matin, main dans la main, nous partons à l'école. Septembre est ici un mois très doux. Les champs ne brûlent plus derrière le périphérique, une brume légère accompagne les rues. Après l'impitoyable lumière d'août les couleurs entrent dans la ville. La petite main de Marilou est dans la mienne aussi douce que septembre.

Mon cœur pourtant ne s'est pas calmé, ni mon ventre. Ce matin en revenant de l'école, j'ai rencontré Ève qui allait travailler. Elle avait cinq minutes, nous avons bu un café sous les fenêtres où nous avons vécu, où je vis encore.

Elle a grandi au bord de la mer et l'été s'amuse à la rendre divine. Si belle que je lui ai demandé si elle était très amoureuse. Il ne me restait plus que quatre minutes. Elle m'a dit : « On fume des joints, il y a vingt ans que cela ne m'était pas arrivé, on boit beaucoup, on parle pendant des nuits entières. Depuis quelques années, toi et moi nous ne parlions plus. »

Trois minutes de silence, c'est aussi long qu'un été sans amour. Je suis allé payer les cafés à l'intérieur.

La vie n'est pas facile dans une si petite ville pour ceux qui se sont longtemps aimés et qui se croisent maintenant dans les rues, qui s'évitent. Il n'y a que deux ou trois placettes où l'on mange volontiers une salade à l'une de ces terrasses de restaurant que novembre balaiera. Souvent je m'approche de l'une d'elles, seul ou avec ma fille car je ne sais pas encore faire la cuisine, et Marilou se lasse du poisson pané, purée.

Parfois de loin je les aperçois, Ève et son amant, eux aussi vont souvent au restaurant, poésie des premiers jours... Leurs yeux sont si éblouis et fébriles, et proches leurs mains, qu'ils ne me voient pas. Tant de choses à découvrir, à sentir, de mystères à laisser rôder pour éveiller les premiers cris de jalousie. Je les envie.

Je fais demi-tour et je dis à Marilou : « Tu vas voir, sur l'autre place il y a un menu enfant avec des glaces grandes comme ça. » Elle aussi les a vus, elle ne dit rien, elle fait demi-tour avec moi. Elle a envie d'embrasser sa mère mais elle n'aime pas cet homme, elle pense que c'est à cause de lui que le malheur est arrivé. J'ai la lâcheté de ne pas lui dire autre chose. Lui dire quoi ?

Il y a trois jours je tournais dans la ville, en attendant la sortie de l'école. Un couple a surgi d'un porche et filé devant moi, souple comme le vent. Je les ai tout de suite reconnus malgré la distance. Elle a la même silhouette qu'il y a vingt ans lorsque je la vis pour la première fois dans une rue d'Aix-en-Provence, les mêmes fesses pleines et rondes, la taille flexible, la finesse des bras. Le temps ne la touche pas.

Ils portaient tous deux exactement les mêmes vêtements, jean délavé et tee-shirt noir. Une lame est entrée dans mon ventre. J'ai eu l'impression de nous voir, elle et moi, vingt ans plus tôt, ivres d'amour autour des fontaines de Rome ou dans les jardins exotiques d'Èze village qui dominent une mer immense. Nous avions acheté sur un marché d'Italie les deux mêmes salopettes en jean et deux paires de chaussures rouges. Oui, nous marchions devant moi dans cette ruelle de Manosque vingt ans plus tard.

J'ai marché vingt ans aux côtés de cette femme, pendant vingt ans j'ai mangé en regardant ses yeux, j'ai dormi vingt ans contre ce corps qui court là-bas vers les jeux de l'amour. Elle n'a pas vieilli. Et moi ?

Il faudrait que je rencontre une femme qui ressemble à mes rêves, à ma fatigue. Quelques instants contre sa voix, contre cette musique qui est en moi depuis que j'attends. L'alcool brûle mes rêves. Tant mieux.

Si une femme s'approchait de moi, je la ferais hurler, dès les premiers mots, les premiers gestes. Les femmes sentent cela mieux que nous, elles évitent le gouffre. Elles m'évitent.

Lorsque la plaie dans le dos de ma mère commença à se refermer, le chirurgien qui l'avait envoyée à Avignon décida de tenter une opération. Il n'y avait toujours pas trace de métastases, il fallait au plus vite enlever la tumeur.

Je n'avais aucune confiance en lui. Les infirmières me jurèrent qu'il possédait des doigts d'or et que, si involontairement il avait commis une erreur médicale en envoyant ma mère là-bas, il ferait l'impossible pour effacer sa faute. « Si vous l'hospitalisez à Marseille, me dirent-elles, elle se sentira encore plus loin de vous et pour les chirurgiens elle ne sera qu'une malade parmi tant d'autres. »

L'épouvante était dans les yeux de ma mère. Je l'accompagnai en lui tenant la main jusqu'au bloc opératoire. Le chariot où elle était couchée disparut derrière de grandes portes battantes que l'on m'interdit de franchir.

Pendant cinq heures j'attendis dans le couloir, le regard rivé à ces portes blanches sur lesquelles je ne voyais que son effarement. Elle avait accepté l'opération comme elle s'était soumise aux rayons contre toute intuition, toute raison, parce qu'elle avait en moi une confiance aveugle. Aveugle comme l'amour que je lui vouais. Aveugle comme la force qui nous unissait depuis le tout premier souffle de vie. Gravement malade, au bord du tombeau, je n'aurais écouté qu'elle. Elle n'écoutait que moi.

L'anesthésiste sortit la première, elle se cogna à mon regard, eut peur. Elle tenta de se dérober. Je lui sautai dessus. Elle me parla de l'extrême concentration du chirurgien, de sa conscience, des difficultés inouïes qu'il rencontrait ; l'intestin de ma mère n'était plus qu'une fragile toile d'araignée qui pouvait se désagréger à tout instant. Elle répéta les mots des infirmières. « Calmez-vous, allez manger quelque chose, tout se passe pour le mieux, il a des doigts d'or. »

Je ne bougeai pas d'un pouce, chaque fois que les portes battaient j'avais mon cœur dans la bouche.

Le soir on la ramena dans l'un des trois boxes de la salle de réanimation. Son visage était un chiffon. Toute la nuit j'attendis son réveil. Elle respirait bruyamment, le nez creusé, la bouche ouverte. Elle respirait comme une morte mais elle vivait. Je n'en demandais pas plus.

Je m'assis sur une chaise tout contre son lit et durant des heures je regardais combattre ce visage exténué que la veilleuse rendait bleu. Ce visage que j'avais connu si plein, si franc, parfois heureux. Heureux de m'aider à grandir et de me rendre heureux.

Lentement apparurent sur ce visage défoncé les plus beaux moments que nous avions vécus. La maison de banlieue à Marseille où sont restés les rêves fabuleux de ma vie, toutes les fièvres d'enfance qui me jetaient dans des délires blancs et les cauchemars que l'on croit vrais, qui vous réveillent hurlant, trempé, un couteau planté dans la nuque. Plus tard on apprivoise l'épouvante et la beauté mais elles ne vous quittent plus, il faut veiller jour et nuit, combattre, dompter. L'enfance a ses répits que l'homme ne connaît plus. Les fauves sont en nous. Il faut dormir debout une hache à la main.

Je revis ce jardin de banlieue plein de feuillage, de solitude et d'oiseaux où s'écroulait un pigeonnier de briques rouges enlacé de belles-de-nuit. C'est dans ce jardin que j'ai le plus voyagé. Il n'était pas plus grand que notre cuisine mais il y avait à la fenêtre le regard de ma mère pour m'emporter très loin.

Ma mère fut une belle-de-nuit, timide et

farouche avec tous; avec moi elle fut belle-de-jour, dès qu'elle m'apercevait son visage s'ouvrait.

Toutes nos saisons nous les avons vues arriver et disparaître par-dessus le mur de ce jardin. L'automne arrivait des collines, l'été de la mer. Comme un vol d'étourneaux les fleurs blanches s'abattaient partout, illuminaient les nuits. Le vent les emportait comme un chagrin d'enfant.

Ma mère y jouait avec moi à Tarzan, aux Indiens, aux billes. Elle n'avait pas eu d'enfance. Son enfance ce fut moi. Elle se cachait partout mais je l'entendais rire. Le rire de ma mère... Avec moi elle eut toujours cinq ans. Je la sentais heureuse pour la première fois de sa vie. Rendre une femme heureuse, que peut espérer un homme de plus grand?

Nous restions parfois des heures assis contre la chaleur du pigeonnier à écouter le vent et les oiseaux ramener les beaux jours. Et je pensais que ma mère était le plus gai des oiseaux, le plus léger. Soudain elle se levait et inventait un jeu parce que le soir tombait, pour que je n'aie pas froid, et la folie de l'enfance rendait son visage encore plus pur. Nous plongions ensemble dans des océans sauvages de lilas et de roses trémières plus hautes que des mâts.

Vers la mi-mars le soleil posait sur notre jardin une main déjà chaude, toujours un jeudi.

Je désherbais et bêchais un rectangle de terre pas plus large qu'une table de bistrot et, avec ma mère, délicatement, nous y dispersions des petites graines de persil pendant qu'elle m'expliquait les mille bienfaits de cette plante magique. Chez nous elle ne planta jamais que du persil.

Quelques jours plus tard notre table de bistrot était verte et frisottait. Midi et soir, ma mère me disait : « Descends au jardin cueillir un bouquet de persil. »

Elle en mettait partout, dans les salades, sur la viande, le poisson, les gratins de courgettes. Ma mère embaumait l'ail, l'huile d'olive et le persil.

Rares étaient les jours où je ne la voyais pas « hacher menu » ou « hacher très fin », comme elle disait, mes petits bouquets de persil. Tous les samedis, ma mère acheta sur le marché un bouquet d'œillets d'Inde qui tenait toute la semaine, et tous les jours de sa vie je la vis hacher fin fin du persil.

Ce jardin merveilleux, mes plus beaux souvenirs vivaient maintenant sur le visage ruiné de ma mère, dans une légère lueur bleue.

Toutes les cinq minutes je tapotais avec un gant humide ses lèvres blanches et desséchées. Une infirmière silencieuse s'approchait de temps en temps pour surveiller les écrans lumineux où clignotait sa vie. Elle posait sur moi un regard très doux qui disait : « Elle a de la chance votre maman d'être si fort aimée. »

Vers le matin elle m'apporta un peu de café dans un gobelet blanc. À petites gorgées nous bûmes ensemble. Son sourire était tendre, profondément humain, tellement humain aussi son jeune corps si libre sous la blouse. Je ne sus que lui dire. J'aurais aimé la serrer dans mes bras, sans un mot, longtemps, longtemps, et sentir ses seins nus brûler ma peau. Une seconde cet élan la traversa sans doute, aussi violent que le mien. Un élan que nous tirions de l'immense souffrance où je sombrais. Une souffrance qu'elle aurait voulu partager, alléger, car toutes les femmes sont l'enfant et la mère.

S'en souvient-elle ? Certainement pas. Elle dut en voir souvent des hommes brisés au bord d'un lit. Métier de douleur. Comment l'oublierais-je ? Comment oublier celle qui me protégea un instant du gouffre où ma mère tombait ?

Toutes ces infirmières, ces dizaines d'infirmières que j'ai frôlées pendant ces mois de ténèbres, dans les couloirs et dans les chambres de clinique ou d'hôpital, comment les remercierais-je ? Toutes ont soutenu ma mère jusqu'à l'ultime moment, toutes m'ont aidé à marcher et à revenir chaque jour par la douceur d'un mot, d'un regard, une main sur mon bras, un sourire sur ma souffrance. Revenir chaque jour, pendant six mois, dans les couloirs roses de l'enfer.

Le jour se posa sur le visage de ma mère. Elle ouvrit les yeux. La même terreur y vivait, mais éloignée par l'épuisement. Une terreur de brume.

Je lui dis : « N'aie pas peur, maman, tu es sauvée. »

La jeune infirmière prit dans la sienne la main de ma mère, se pencha vers ses cheveux et murmura ce qu'elle n'avait pas osé avec moi : « Je vous envie, vous avez un fils qui va vous rendre la vie. »

Le visage de ma mère s'éclaira. Elle nous souriait. Cette jeune femme si belle, si humainement belle, avait écarté la terreur, il ne restait que la brume. J'aurais voulu l'épouser là, tout de suite, lui appartenir à jamais, dans cette salle de réanimation où les flots noirs de la mort avaient battu toute la nuit contre le visage bleu de ma mère.

J'ai dû partir trois jours à Paris, quelquefois mon éditeur me le demande. Quel fardeau ! Des gares, des trains et moi tout seul au milieu de dix millions de fantômes aveugles. Dix millions de têtes fermées sur leurs songes, sur leurs soleils de néons.

Je change d'hôtel chaque fois, des petits hôtels peu chers dans des arrondissements périphériques, des hôtels qui ressemblent à Jean Genet et où souvent je ne rentre pas dormir.

La place de Clichy me fait du bien, c'est un quartier plus sombre que moi. J'y suis retourné l'autre soir me frotter à ses ombres fardées, ses culottes de dentelle et de sang, ses porches noirs et bleus où claque le fouet des talons aiguilles. Des Arabes y grillent du maïs dans des caddies de supermarché ; des femmes perdues appellent l'Amérique d'une cabine publique pendant que des hommes cassés sur un tapis de billard regardent courir leur destin.

Du côté de la rue Lepic, vers minuit, je suis entré chez un marchand de vin. J'ai commandé une assiette de fromage et une bouteille de blanc. Quelques couples d'amoureux les yeux dans les yeux ; à la table voisine de la mienne, une jeune femme seule les yeux dans son verre. Je l'ai regardée longtemps. Elle avait un petit tatouage sur la paupière droite que j'avais du mal à recomposer.

J'ai terminé ma bouteille et j'en ai commandé une autre. Lorsque le serveur l'a posée sur ma table je me suis dressé à demi et j'ai dit : « Mademoiselle... Mademoiselle... Vous ne voudriez pas m'aider ? C'est beaucoup trop pour moi. »

J'ai cru qu'elle ne m'avait pas entendu, je voyais toujours son tatouage. Quelques secondes plus tard, elle est venue s'asseoir en face de moi, son verre à la main. J'ai fait glisser vers elle l'assiette de fromage et la corbeille de pain.

« Je viens avec vous parce que vous avez l'accent de mon enfance. J'ai grandi dans le Sud. »

Je lui ai demandé ce qu'elle faisait à Paris. Elle m'a répondu : « Je suis venue oublier mon enfance, toute la solitude de mon enfance. Ici je peux descendre dans la rue à trois heures du matin et manger une crêpe au Nutella. »

Nous avons partagé la bouteille de blanc et j'ai

fait signe au serveur de nous en apporter une autre. Elle m'a raconté qu'elle partait souvent en Inde où elle avait vécu quatre ans. Elle avait la bouche sensuelle de Nastassja Kinski et les yeux de fougère de Nadja.

Je n'apercevais l'éclair noir du tatouage que lors d'un battement de ses paupières. Je lui ai demandé ce qu'il représentait.

« Un cafard.

— Comment ça un cafard ?

— Vous n'avez jamais eu le cafard ? J'aurais pu choisir un bourdon mais le mot cafard est tellement plus près de ce que je ressens, tellement plus pesant. »

Soudain je me suis aperçu que nous étions seuls. Tout était éteint autour de nous. Derrière le comptoir les deux serveurs nous observaient avec un regard de fermeture.

Sur le trottoir un homme secouait violemment une femme par le col de sa robe en grondant sourdement : « Laisse-moi vivre ! Laisse-moi vivre ! » La folie habitait le fond de ses yeux.

Elle a éclaté de rire. « Venez, j'habite à deux pas d'ici, c'est minuscule mais avec ce que nous avons bu ce sera toujours trop grand. »

La façade était grandiose. Sculptée de lumière. Elle ne ressemblait pas à la mélancolie de celle que j'accompagnais. Nous avons emprunté un escalier de service qui aurait tenu dans une gaine d'aération ou dans un vide-ordures et qui se vrillait jusqu'au ciel rougeâtre de Paris. Sept ou huit étages.

Elle me précédait sur ce pampre de vigne, dans sa courte robe de satin vert menthe qui m'avait laissé entrevoir chez le marchand de vin un sein petit et nu et qui m'offrait maintenant, grâce à la raideur de l'escalier, les éclats fugitifs et blancs de sa culotte.

Elle habitait, sous les toits, la seule chambre de bonne du palier qui ne soit pas condamnée. Une vingtaine de portes fermées par de gros cadenas se succédaient.

Elle illumina une pièce mansardée où avait dû vivre, sans remuer, un nain. Les murs étaient tapissés de colonnes de livres de poche instables, surmontées chacune d'une bougie plantée dans une bouteille de Mort subite. Elle les alluma toutes, ainsi que quelques bâtons d'encens. Un lit d'une demi-place, une table pour un carnet, une chaise unique étouffée sous une rafale de robes. Elle ouvrit une étroite fenêtre. Paris flambait devant nous.

Je m'assis sur la moquette, à la seule place réservée à mes fesses, sous ce décor branlant de magie noire.

Elle attrapa, dans un frigo grand comme une boîte à chaussures, une bouteille de blanc. Où voulait-elle nous emporter ? Je valsais déjà sous ces mille flammes dans un vertigineux manège gothique.

Elle nous servit et tira de sous le lit une espèce de balalaïka au manche géant et à la caisse aussi ronde qu'une femme enceinte de neuf mois.

Elle s'assit en tailleur dans le mouchoir de poche où elle avait évolué, planta l'instrument entre ses cuisses et, baissant les paupières, pinça les cordes. « C'est un tampura, me dit-elle, ce qui veut dire : La demeure des sons. J'ai appris à en jouer en Inde. Veux-tu que je chante ? »

C'était si petit qu'elle me tutoyait. Elle chanta. Elle chanta longtemps. Des heures, me sembla-t-il. Je remplissais les verres. Je n'avais jamais entendu auparavant quelque chose d'aussi répétitif, d'aussi syncopé. Quatre notes, pas une de plus. J'avais la sensation que tout son corps se réduisait à sa gorge et que cette gorge cherchait la perfection. Peut-être cherchait-elle l'oubli avec la même ardeur que je mettais à boire. Un minuscule coin de planète comme celui-ci où éternellement nous glisserions dans l'ivresse, entre un ciel rouge et dix millions de fantômes qui rôdaient là-bas dessous dans la nuit.

Mes ailes ivres grandes ouvertes, délicieusement je survolais le Népal, le golfe du Bengale, la mer d'Oman, Salem, Benares, Jodhpur, toutes les moussons et le delta du Gange, les cyclones tropicaux, les famines et les éléphants, les intouchables et les maharajas, les mouches dans les yeux des enfants, le marbre blanc du Taj Mahal et ses fontaines de pierres précieuses, les moines orange et la poussière des routes.

Léger, de plus en plus léger, je glissais sur sa voix. Délesté de toute angoisse, de toute peur, j'étais aussi pur que chez Polo, dans ce quartier épuisé de Marseille, le ventre collé au comptoir du *Bar César*, entre une passerelle d'autoroute et un entrepôt abandonné, aussi calme sous l'Inde rouge que dans cette lumière de fin d'été, près du sourire de ce voyou que j'avais rencontré dans l'ombre des Baumettes. Et ce quartier de Marseille, avec ses Corses de Saigon et leurs mystères en bleu de Chine, aurait pu être n'importe quel quartier de Mangalore ou de Bombay. N'importe quel port du monde sous un soleil d'enfance.

La voix de cette jeune femme doucement s'éloigna. Éloigna l'Inde. J'ouvris les yeux. Elle était devant moi entièrement nue. Assise sur ses talons, nue. Elle me fixait intensément.

Avec une lenteur qui me réveilla, sans lâcher mes yeux, elle défit ma ceinture, ouvrit ma chemise. Chaque bouton était un continent.

Mèche par mèche, sa chevelure sombre bascula sur mon ventre. La chaleur de son visage s'avança vers ma peau. Je me laissai aller sur le dos. Lentement elle se redressa, me chevaucha.

Millimètre par millimètre me fit glisser en elle. Une lenteur démesurée.

Elle ne m'avait pas dit son prénom. Était-ce le moment de le lui demander ? Je le lui demandai.

Plus lentement encore, sans me répondre, elle fit jouer ses reins, les muscles de ses cuisses. Lentement son regard me pénétrait. Aucune femme jusque-là n'avait eu l'audace d'une telle lenteur. L'Inde ? La musique ? L'alcool ? Le génie de la lenteur ? Le petit cafard d'encre n'osait plus se montrer.

Comme elle avait chanté pendant des heures, pendant des heures elle se souleva et revint contre mon ventre, mesurant dans l'ivresse de mes yeux et reculant sans cesse la fin cruelle du plaisir.

Lentement elle décida de tout. Guida, retint, revint, laissa respirer ses seins dressés vers le plafond. Cette femme était la lenteur. Lentement elle arracha de mon corps la bête implacable que l'alcool n'avait qu'assoupie.

Le jour s'apprêtait à revenir. L'Inde pourpre laissa percer le dôme funéraire du Panthéon et les tours de Notre-Dame où dansent tous nos monstres.

Doucement elle s'endormit sur mon corps, aussi légère qu'une rêverie d'enfant.

Le soleil apaisait la place de Clichy. Les cars de touristes devaient rouler vers la province ; la cabine téléphonique était libre et les culottes de dentelle ne flambaient plus derrière la poussière blonde des vitrines.

Nous bûmes un café et elle m'accompagna jusqu'au métro Pigalle. Je ne sus trop comment je devais l'embrasser, l'étreindre ? La frôler ? Attendait-elle de moi plus que ce que nous venions de vivre ? À Limoges j'aurais su quoi faire, mais à Paris... Qu'attend-on au milieu de Paris ?

Je posai mes lèvres sur le coin de sa bouche et disparus sous terre. Une rame m'emporta. À la station Trinité, je me souvins que je ne connaissais pas son prénom. Paris referma sur moi son poing aveugle.

Brusquement je sentis dans mon ventre se réveiller le rat. En quelques secondes ses pattes nerveuses me lacérèrent. La trêve était finie. Fini l'Inde sous la nuit. Il allait tourner, tourner, déchirer plus profond, mordre, devenir fou. Un rat fou habitait dans mon ventre et je ne pouvais pas l'aider à sortir.

Je tirai de ma poche la petite photo de ma fille qui ne me quitte pas et je m'accrochai à ses yeux, à ses lèvres douces, à la fossette que je lui ai donnée. Le fracas des stations défila et je m'accrochai au regard de mon enfant qui m'attendait dans le Sud.

J'avais dit à Ève que je viendrais chercher Marilou vers sept heures du soir, à mon retour de Paris. Lorsque je suis arrivé sur la petite place, j'ai levé les yeux, au troisième étage les fenêtres étaient ouvertes, le salon était éclairé. Il faisait doux et presque nuit.

J'allais retrouver ma femme et ma fille au milieu de tous les meubles, bibelots, disques parmi lesquels nous avions si longtemps vécu, que nous avions partagés. L'odeur rassurante de cuisine où dominent l'oignon, la tomate et le thym. La voix de Bruce Springsteen qu'Ève écoute chaque jour depuis des années, *Nebraska* ou *Reason To Believe*. Et peut-être, si je la frôlais en préparant le sac de Marilou, son propre parfum, le seul parfum qu'elle utilise depuis que nous nous sommes rencontrés et que je lui ai acheté des dizaines de fois. À présent c'est son amant qui le lui offre. Il l'achète dans la même boutique.

Dans trente secondes je serais là-haut, avec elles, tous les trois pour quelques instants.

Mes jambes refusaient de se diriger vers la

porte. Je suis entré au *Cigaloun*, le bar-tabac de la place, et j'ai commandé un 51.

Des gens entraient et sortaient sans cesse pour un paquet de cigarettes, des timbres, ils paraissaient plus pressés que quelques jours plus tôt, plus soucieux. L'été basculait. Bientôt, chaque matin, la place serait rousse de feuilles qu'emportent les premiers vents d'octobre.

Quand j'ai voulu payer, un homme qui était debout près de moi au comptoir m'a dit : « Laissez, c'est pour moi. » Un peu plus jeune que moi, les yeux rieurs et clairs, il buvait un Martini. J'ai demandé au patron de nous resservir et nous avons trinqué. « Santé ! » a-t-il lancé. « À la beauté des femmes ! » ai-je ajouté.

Ses yeux ont flambé, il n'en attendait pas autant. Moi non plus. Ses dents aussi étaient belles. Ce devait être un homme honnête.

Tout de suite il s'est mis à me raconter sa vie, sans préambule. J'ai senti qu'il en avait besoin, il était venu pour ça. Il cultivait la lavande, cinq hectares entre le lac et Moustiers-Sainte-Marie. Je lui ai dit que ma mère avait grandi dans son village mais qu'il était trop jeune pour l'avoir connue. Il a fait signe au patron de remplir les verres. Il n'était pas qu'un homme honnête, il pouvait être émouvant.

Il m'a cligné de l'œil. « On dit lavande mais c'est du lavandin, la vraie lavande on ne la trouve plus que du côté de Banon, sur la montagne de Lure. C'est pour la grande parfumerie. Partout ailleurs elle a disparu. Qui le sait? J'en connais un bout, je cultive, je distille et je vends. Je suis né dans la lavande, mon père aussi. C'est moi qui livre ici, quatre-vingts litres par an pour parfumer les cabinets. »

J'avais la sensation que même sans se laver cet homme sentirait bon. Il n'était pas comme la plupart des paysans, trop vite desséchés par le soleil, le travail et le vent. Il était frais et accueillant comme un drap propre bien repassé. Que faisait-il dans ce courant d'air de fumée et d'amis à l'heure des premières solitudes? Il se trompait d'armoire.

Le patron a remis la sienne, s'est servi un fœtus et a trinqué avec nous.

Nous avons continué ainsi. Nos verres se remplissaient et j'écoutais cet homme évoquer le village de ma mère suspendu au-dessus des terres bleues et parfumées.

Il s'est interrompu pour aller aux toilettes. C'est en le voyant traverser la salle en tanguant que je me suis rendu compte à quel point j'étais saoul.

Il est revenu et je lui ai dit que je devais récupérer ma fille depuis un bon moment. Je lui ai tendu la main. Son visage s'est désagrégé. «Ah non, tu manges avec moi, on s'entend trop bien tous les deux... Va chercher ta fille, je t'attends ici. »

Je lui ai expliqué qu'elle n'avait que six ans, mais que nous viendrions le voir à Moustiers un mercredi ou un dimanche et que je lui montrerais la maison de ma mère.

J'avais l'impression d'abandonner dans ce bar un enfant à peine plus grand que ma fille, un Martini à la main. Ses yeux ne trouvaient plus les mots. La porte grande ouverte lui faisait peur.

Le regard de ma femme avait une autre densité, surtout lorsqu'elle a senti la forte odeur d'anis qui entrait avec moi.

« Il y a deux heures que Marilou t'attend, elle devrait dormir, demain elle va à l'école.

— J'avais besoin de prendre des forces, ce n'est pas facile de venir ici.

— Je vais déménager, j'ai trouvé une petite maison dans un village, nous sommes trop près l'un de l'autre. »

Elle allait encore s'éloigner, éloigner mon enfant. Heureusement que j'avais bu. J'ai pris Marilou par une main, son sac dans l'autre et nous avons filé.

La petite main chaude de ma fille à l'heure

des familles, des lumières dans les cuisines pour écarter le silence des villes où l'automne avance ses ombres et le poids de ses nuits.

Elle aussi s'est rendu compte de mon ivresse. Je sentais près de moi son regard discret et protecteur. Sa main dans la mienne, elle me guidait, annonçait chaque marche. Il y a longtemps qu'elle comprend mon chagrin. Elle ne dit rien.

Arrivés chez nous, pour ne pas faire trop de bêtises, tituber, j'ai mis le disque *Blanche neige et les sept nains.* Nous nous sommes assis côte à côte sur le divan. Nous écoutions et je faisais courir mon doigt sur le livre au rythme du conteur.

Souvent Marilou attrapait mon doigt et le changeait de ligne. « Papa, à quoi tu penses ? » Elle ne lit pas si vite mais connaît la place de chaque paragraphe. Pas question de faire dire à Grincheux les paroles d'Atchoum ou de ne pas suivre pas à pas l'effrayante sorcière sur le chemin de la forêt.

Quand l'histoire s'est arrêtée, j'ai eu besoin de sentir Marilou contre moi. Je ne l'avais pas serrée depuis plusieurs jours.

J'ai mis le disque de Céline Dion qu'elle aime tant, j'ai monté le son et je l'ai soulevée dans mes bras. Maintenant que nous sommes tous les deux, nous dansons souvent.

Pendant une heure nous avons dansé lentement, les yeux fermés, ses petits bras autour de mon cou très fort serrés, sa respiration sur ma joue ; saoul je l'étais encore, elle le savait. Nous nous aimions. La voix de la jeune chanteuse volait autour de nous, emplissait la nuit, la ville, glissait sur les toits vers les vallées, les rivières, les collines, atteignait la mer et le tout petit jardin de Marseille où j'avais serré si fort ma mère pendant tant d'années et qui devait sentir à cette heure, en ce début d'octobre, le feu de broussaille et le figuier.

*Je sais les hivers, je sais le froid
mais la vie sans toi, je sais pas.*

Doucement je tournais au-dessus des platanes encore verts et des places désertes. Marilou s'endormait contre la force immense de mon cœur.

Ma mère resta une quinzaine de jours dans cette clinique après l'opération. La plaie au bas de son dos se réduisit. Elle retrouva un petit sourire, de petites forces, moi un grand espoir.

Un cardiologue que je connaissais me promit qu'elle serait très bien soignée à l'hôpital de la ville, qu'il veillerait sur elle personnellement. Il était chef du service de médecine. Une ambulance y transporta ma mère.

Une fois de plus, je la suivis après avoir rangé dans son sac quelques affaires de toilette, trois chemises de nuit, deux photos, un agenda resté blanc depuis le début de l'été.

On l'installa au premier étage, au-dessus d'un boulevard où le soleil se lève. Cette chambre n° 5 devait être la dernière. Pendant trois mois dans cette chambre, ma mère allait combattre, souffrir, appeler, s'éteindre. Je ne me doutais pas, en ces premiers jours d'octobre, que je pénétrais, le sac de ma mère à la main, dans la chambre où elle allait mourir.

Au dernier étage de cet hôpital, un an plus tôt, j'avais vu naître ma fille un soir d'été. Elle avait ouvert les yeux sur un ciel d'hirondelles et j'avais pleuré de bonheur en posant mes deux mains sur son petit ventre secoué de sanglots.

Dans cet hôpital, j'allais voir s'éloigner et me quitter ma mère.

Je pris l'habitude de passer en coup de vent le matin pour l'embrasser, entre la toilette et la visite du médecin. Je revenais après sa sieste et je restais près d'elle jusqu'à neuf ou dix heures du soir.

S'il arrivait qu'un jour je ne puisse venir, les infirmières me disaient qu'elle n'avait pas touché à son repas et que ses yeux n'avaient pas quitté la porte.

Je l'installais, bien calée dans deux énormes coussins que j'étais allé chercher chez elle, et je posais le plateau sur ses genoux. Elle ne mangeait pas plus qu'un moineau. À la troisième bouchée, elle fermait les yeux, abandonnait la cuillère et, en signe de renoncement, remuait la tête. «Impossible, ça ne passe pas, je vais tout vomir.»

Alors je faisais comme chez moi, avec ma fille, je prenais moi-même la cuillère et je disais à haute voix. «Une pour toi, une pour moi.»

J'ajoutais à chaque bouchée : « On a de la chance, c'est aussi bon qu'à la maison, il faudra que j'aille féliciter le cuisinier, il ne se moque pas de nous, on est servi comme à l'hôtel. »

Ainsi, pour me faire plaisir elle parvenait à avaler quelques bouchées de plus, si peu. J'avais deux enfants. Les cuillères que je partageais avec la première la faisaient s'épanouir et embellir d'une seconde à l'autre ; elles n'empêchaient pas la deuxième de s'affaiblir chaque jour sous mes yeux.

Ce repas d'oiseau terminé, je retapais son lit, éteignais la lumière trop violente, m'asseyais sur une chaise le plus près d'elle possible. Sous la lueur de la veilleuse qui ne fatiguait pas ses yeux, nous échangions des mots lents sur la gentillesse attentive des infirmières et les mille attendrissantes bêtises de Marilou.

J'eus la sensation que ma mère, qui était la bonté même, la plus généreuse des femmes, et qui adorait sa petite-fille, en ressentait parfois les piqûres de la jalousie. Après m'avoir protégé toute sa vie, en quelques semaines elle était devenue mon enfant. Et lorsque je posais mes lèvres sur son front en arrangeant son oreiller afin qu'elle passe une bonne nuit, j'apercevais dans ses yeux toute la détresse d'un petit enfant qui regarde s'éloigner sa mère en pensant qu'elle ne reviendra pas.

Durant ces trois mois, avec ma mère, nous n'avons jamais touché à notre passé, pas une seule fois nous n'avons évoqué la maison où j'ai grandi, notre petit jardin de banlieue et nos voyages en tramway aux quatre coins de Marseille. Jamais nous ne nous sommes retournés sur ces merveilleuses années d'amour. La tendresse de ma mère au milieu des collines ; son bonheur de me tenir assis sur ses genoux dans la barque de mon grand-père qui danse vers le château d'If ; mon chapeau de paille sur la tête et son sourire comme la seule lumière chaude qui inonde Marseille. Ses tailleurs gris et ses chemisiers blancs. Cette force immense qui nous lie pour des milliards d'années et des milliards d'étoiles.

Dans cette chambre pendant trois mois, le soleil chaque matin est entré par la fenêtre, chaque nuit la lune. Ma mère me demandait sans cesse de fermer les volets. Elle ne voulait plus voir le soleil ni la lune. La beauté du monde était terminée. Terminés la lumière des saisons, nos cris de joie dans les champs de narcisses et les souffrances inoubliables. Il ne lui restait plus que mes yeux, qu'elle avait tant aimés, pour quelques jours encore.

Alors que ma fille apprenait à se servir d'une cuillère à soupe, je fus obligé de nourrir ma mère avec une cuillère à café. Son intestin entièrement brûlé par les rayons ne gardait rien, la moindre nourriture se transformait immédiatement en diarrhée. Bientôt elle ne put avaler à l'aide d'une pipette qu'une alimentation liquide et fade dans de petites boîtes en carton.

Ses derniers muscles s'effondrèrent; son squelette apparut. Le médecin la mit sous perfusion.

« Elle se déshydrate, me dit-il dans le couloir, tout lui manque, protéines, graisses, vitamines, sels minéraux; ses tissus ne fixent plus rien. »

Trois semaines plus tard, son corps était défoncé par les aiguilles, toutes ses veines avaient éclaté. Ses bras et ses pieds étaient bleus, on la piquait à présent dans le cou. Un corps d'os et de tendons.

Je la portais dans mes bras jusqu'aux toilettes. Si elle tentait de se tenir debout, ses jambes cédaient et elle s'étalait par terre. Elle ne pesait guère plus que ma fille.

Cette femme que je portais et que je tenais sur la cuvette avait été durant toute mon enfance la plus belle. La plus belle des femmes m'avait serré sur sa poitrine pendant plus de dix ans.

Un soir vers cinq heures, j'entrai dans sa chambre et butai contre ses yeux envahis de terreur. Elle toucha mon bras. « C'est toi, mon enfant, j'ai eu si peur. Quand je me suis réveillée de la sieste, un curé était debout au pied de mon lit, tout noir, il ne disait pas un mot. J'ai cru que j'étais morte. »

Quelques heures plus tard, je quittai l'hôpital. La lune frappa mon visage, je lui crachai dessus.

Octobre respire par ses couleurs. Le ciel est aussi bleu que le silence. Jamais l'écriture de fer des campaniles ne m'a semblé si pure. Quand on passe sous les platanes ils sont encore très verts. Le feuillage est si dense et si faible le soleil que leur ombre est devenue absurde. On n'imagine pas d'en dessous que le travail de la nuit a déjà commencé. La nuit, les premiers froids se posent sur la ville, sur les toitures et la cime des arbres. Si la masse du feuillage est verte, toutes les cimes sont rousses. De mes fenêtres qui dominent la ville, le paysage est roux de tuiles et de feuilles. Quand je descends marcher sous les platanes des places et des boulevards, tout est vert, je retrouve l'été.

Ce matin après avoir accompagné Marilou à l'école, je me suis assis à la terrasse du *Cigaloun* et j'ai bu deux cafés en lisant le journal. Il y a des jours que l'on devrait pouvoir ne pas vivre. On est là au mauvais moment et l'heure douce du café, cet instant de trêve, brutalement est plus cruelle que la solitude de l'insomnie.

À l'autre bout de la place, Ève et son amant remplissaient leurs deux voitures de meubles et de cartons. Ma femme déménageait vers le petit village dont elle m'avait parlé. J'aurais dû me lever et partir à travers les collines ou me faire servir dix pastis alignés sur le comptoir. Je n'ai rien fait. Mon journal à la main, je les ai regardés. J'étais fasciné. Mes jambes mortes.

Eux aussi m'avaient vu, ils se débrouillaient pour ne jamais tourner la tête vers moi. Vingt ans de vie qui s'en allaient. De loin je reconnaissais chaque objet dépassant des cartons et des caisses en plastique rouge qu'ils avaient dû louer : abat-jour de tissu, miroirs, appareils de musique, livres. Dans ces miroirs j'avais vu se transformer mon visage, se refléter les saisons, vivre et s'abandonner le corps de cette femme qui partait. Tous ces livres, je les avais achetés, lus, nous nous étions relu certains à haute voix, chacun son tour, côte à côte dans notre lit ou dans les petits hôtels où nous dormions parfois ; *Cent ans de solitude.* Les premiers romans de Rezvani ; cet amour sauvage avec Lula, sensuel et farouche au-dessus de la mer, si semblable au nôtre, à notre révolte, à notre cabanon enfoui sous l'or des genêts puis les feuilles rouges de l'automne. « C'est ainsi qu'un jour des milliers de couples quitteront la terre, c'est ainsi qu'ils s'envoleront plus légers que des spores vers les paradis qu'ils portaient en eux. »

Tous les romans de Carson McCullers, ceux de Jim Harrison. Heures merveilleuses de tous nos hivers avec leurs bourrasques de pluie contre les volets, le vent. Son corps, si près du mien, où je sentais s'éveiller le désir pendant qu'elle tournait les pages et que tremblait un peu sa voix.

Le plus difficile pourtant était de voir dépasser la tête d'une poupée ou de l'ours en peluche de notre fille. Ce moment, je ne le souhaite à personne. Il me semble que nous y passons presque tous. On devrait avoir la force d'attendre qu'il n'y ait plus entre nous d'ours en peluche. Les livres se partagent, les hivers aussi. Les enfants...

Il y a des jours comme celui-ci, on va, on vient, on entre dans un café, on marche dans les rues, on débouche sur des places, on dit : « La fontaine coule aujourd'hui » ou « Donnez-moi un pain. » Les gens vous parlent. Sans doute leur répondez-vous. Certains vous touchent le bras, vous croient l'un des leurs. Ils vous voient encore mais vous n'existez plus. Vous êtes comme une étoile morte. Vous restez longtemps planté devant votre porte, une clé à la main. Seuls les enfants vous bousculent. Eux ne vous voient plus, leurs yeux n'ont pas encore l'habitude.

Je suis malgré tout rentré chez moi en me répétant : « Calme-toi, calme-toi, respire profondément, ne fais pas de ta souffrance le centre du monde. Pense à toutes les femmes, à tous les hommes qui sont seuls dans leur cuisine à cette heure devant une assiette morte. Pense aux prisonniers que tu retrouves chaque semaine et qui n'ont plus personne, toutes ces vies dans neuf mètres carrés sans amour. »

J'ai déjà parlé dans ce cahier de Jacky qui nous lisait, la gorge déchirée, le récit de son incarcération et le dernier parloir avec sa fille de six ans qui achevait si douloureusement « La mort blanche ». Puis ces années sans la tendresse, la voix de sa fille, ces années sans la serrer contre lui.

Ce soir je pense à Jacky. Sans le savoir il m'aide. Je suis seul mais les saisons sont autour de moi. Je peux ouvrir une fenêtre sans barreaux, l'automne est tout de suite sur mon visage.

Très souvent je pense à Pierre aussi. Depuis trois ans qu'il est emprisonné aux Baumettes, il n'a pas manqué un seul atelier d'écriture. Quelle vilaine expression, «atelier d'écriture», c'est scolaire et laborieux, ça sent le grimoire. Tout le contraire de ce que nous vivons. Notre complicité, nos fous rires de mauvais élèves. Comme eux j'ai grandi dans les rues de Marseille, sur des roches blanches, éclaboussé par la mer et le vent, mon cartable bourré de billes, de rêves et d'hameçons. Une équipe de révolte, voilà ce que nous sommes. Un groupe d'évasion. Nous parlons de la mer, des femmes, d'une odeur de peinture et de sel sur un port où le soleil se lève. Un vent de pirate souffle sur nous. Les miradors veillent. Tout est possible.

Pierre a été emprisonné pour une affaire grave. Il risque vingt ans. Il crie son innocence, sa femme aussi. Depuis trois ans, elle répète que Pierre était avec elle durant la funeste nuit, qu'il n'a pas quitté leur maison. Le juge d'instruction ne les croit pas. Il est intransigeant. «Tant que vous ne direz pas la vérité, vous n'aurez pas de parloir. À vous de choisir.» Ils ne cèdent pas.

Trois ans sans se voir. Leur amour grandit. Lui ne la voit pas. Elle oui, enfin... La cellule de Pierre est au quatrième étage du bâtiment D, la sixième en partant de la droite.

Chaque soir Sylvia gare sa voiture dans une

ruelle en pente, juste en face de la prison, et pendant des heures, avec d'énormes jumelles de marine, elle regarde vivre dans sa cellule l'homme qu'elle aime. Elle le regarde manger, écrire, aller et venir mille fois entre la porte et les barreaux de la fenêtre. Elle voit l'obscurité de son regard, le métal qui s'y dépose, peut-être ses premiers cheveux gris. Elle le regarde se battre seul contre la nuit.

Rien ne pourrait empêcher Sylvia de venir là chaque soir épuiser ses yeux et sentir grandir la passion qui l'unit à cet homme malgré le double mur et toutes ces années. Trois ans sans entendre sa voix, sans le toucher. Ils s'écrivent chaque jour. Elle pourrait devenir folle.

Folle d'amour, elle l'est tellement qu'une ou deux fois par mois, le lundi, elle me guette devant les Baumettes. Lorsqu'elle aperçoit ma voiture, elle fait un appel de phare, juste une fois.

Je me gare et je vais m'installer quelques minutes près d'elle, dans sa 205 grise. Nous ne parlons que de Pierre. Elle me dit : « Tu es le seul qui me parle de lui comme je le connais. L'avocat... Je t'écoute et je le vois. »

Je lui raconte ce qu'il écrit, le tremblement de sa voix lorsqu'il lit, sa façon de jouer encore au voyou avec une telle enfance, comment il tient son gobelet de Ricorée, ses rires brusques qui le font crier, bondir de sa chaise, faire quelques pas et se casser en deux.

Elle me regarde parler. Ses yeux s'emplissent de larmes. « J'ai peur, René, me dit-elle, il est si sensible, il est fort mais ce n'est pas un vrai dur, chaque jour j'ai peur qu'il craque, qu'il décide de mourir. Il est innocent, René, c'est un calvaire. Si on le condamne, il mourra. »

Lundi dernier, elle m'attendait garée à cent mètres de la grande porte de fer. Je me suis assis près d'elle. Elle m'a lu à haute voix la lettre qu'elle avait reçue le matin. Il lui demandait un stylo et de l'encre. « Je viens de les acheter, m'a-t-elle dit, il n'y a que toi qui puisses les lui faire parvenir. Tu crois... »

Je lui ai fait signe que oui. Tant qu'il s'accroche à l'encre, il épargne son cou.

Elle a ouvert son sac à main, fouillé, regardé autour d'elle, sur le tapis de sol, la banquette arrière. Ne trouvant pas ce qu'elle cherchait, elle a vidé tout son sac. J'ai moi-même regardé sous mon siège puis je me suis permis d'ouvrir la boîte à gants. J'y ai glissé ma main, j'ai palpé. J'en ai retiré une culotte de dentelle grise aussi minuscule que sexy. Nous avons ensemble éclaté de rire. Je lui ai dit : « Pour le faire voyager, ça vaut bien un stylo et de l'encre, ne cherche plus. »

Ses yeux ont changé de couleur. «Celle-ci est neuve.»

Je lui ai tendu le petit triangle de fumée et j'ai tourné la tête vers le paysage. Elle a eu un petit rire gêné et j'ai perçu un froissement rapide d'étoffe.

Quelques secondes plus tard, elle posait dans ma main à peu près la même légère substance, chaude celle-ci, humaine. Elle a serré mon bras, très fort. Je suis sorti de la voiture.

J'ai franchi une quinzaine de grilles pour atteindre le bâtiment D. À chacune d'elles, l'intimité de Sylvia me brûlait.

Les détenus m'attendaient dans la petite salle. J'ai salué le surveillant et il m'a enfermé avec eux.

Je me suis assis près de Pierre. Comme chaque fois, lorsque nous nous retrouvons, pendant quelques minutes tout le monde parle en même temps. J'en ai profité pour faire glisser sous la table, après un petit signe, la culotte de Sylvia dans la main de Pierre. Son visage a basculé. Ses doigts touchaient le centre de la terre. Il s'est dressé et s'est approché de la fenêtre.

Il a fait semblant de s'intéresser un instant à ce qui se passait dans la cour de promenade puis, lentement, comme un mouchoir il a porté à ses narines et à sa bouche la petite brume de rêve. Je l'ai presque envié.

À cette seconde, cet homme vivait quelque chose d'unique, un événement que la vie ne propose qu'à certains d'entre nous avant de nous désigner la poussière, un événement qui justifie tout, le bien comme le mal, les jours heureux et la poussière. Seul l'amour possède cette noblesse, cette violence.

Il serrait contre ses lèvres, pour la première fois depuis trois ans, la plus déchirante odeur de la terre.

Il est resté ainsi deux ou trois minutes, le front collé aux barreaux. Quand il est revenu s'asseoir près de moi, ses yeux n'étaient plus là. Ses joues encore rayées de larmes, il était plus lointain et plus beau qu'un héros de légende.

J'ai ouvert une boîte de crème de marrons. J'en ai mangé la moitié avec ce qui me restait de pain. Je n'avais plus à me dire : « Calme-toi, respire profondément... » J'avais devant les yeux le visage de Jacky qui jour et nuit pense à sa fille depuis six ans; celui de Pierre soudain transpercé de lumière. Une si légère odeur d'amour, et les plus sourdes prisons s'écroulent.

Maintenant c'est la nuit. Une à une les lampes s'allument comme des étoiles, jusque dans les profondeurs noires des collines. La ville ressemble au ciel. Les trois clochers flambent comme des trompettes de cuivre; ils vont lancer vers le silence la musique des heures.

Ma femme est partie vivre plus loin. Il me reste ce cahier où je me suis remis à écrire. Ce cahier qui fait de moi au fil des pages, car les mots lentement nous enlèvent la peur d'être vieux, d'être seul, ce que j'ai toujours été, un enfant de dix ans. Ma fille doit dormir. Nous avons à peu près le même âge.

Je vais tourner une nouvelle page, poser ma tête sur mon cahier de draps blancs. Les mots viendront bientôt construire des châteaux de rêves.

En novembre, le corps de ma mère n'était plus qu'un drap de peau jeté sur son squelette. Un drap que les jours jaunissaient. Ses yeux se creusaient de noir. Ses yeux qui avaient brillé sur moi comme des châtaignes. Leur bel iris était pâle, vitreux.

Elle m'attendait encore mais sans l'impatience de l'été. À partir de novembre elle n'attendit que la mort. La souffrance tirait d'elle une plainte continue.

Alors elle commença à appeler sa mère, cette mère qui l'avait si mal aimée, préférant sa vie de femme libre, cette mère absente, parfois cruelle, qu'elle avait malgré tout adorée, comme elle avait adoré chacun des siens.

Dès que je débouchais dans le large couloir du service, sa voix me parvenait et tous pouvaient entendre, malades et soignants, ce râle de détresse qui transperçait la porte de la chambre n° 5. « Maman... maman... maman... »

Et je sentais bien qu'elle n'appelait pas seulement l'au-delà où se tenait à présent sa mère, elle répétait jusqu'à la folie, des milliers de fois, le seul mot qu'elle n'avait pas eu le droit de prononcer enfant et qui était pour elle, depuis le premier jour, le plus poignant, le plus beau, le seul mot qu'on ne se lasse pas de dire pour l'irremplaçable douceur qu'il contient et la paix qu'il diffuse.

De toutes ses dernières forces ma mère appelait la mort, et je l'obligeais à vivre, comme je contraignais tout le personnel à l'empêcher de me quitter. Dans le couloir je guettais les infirmières, les internes, le chef de service, pour savoir si elle avait réussi à avaler quelque chose le matin, sonder leur optimisme, obtenir un traitement plus efficace, auprès d'elle une présence accrue.

Tous commencèrent à m'éviter, à me fuir. Ils savaient depuis longtemps que les cartes étaient distribuées, dans les mains de ma mère il n'y avait plus rien. Mon aveuglement les déroutait. Aucun d'eux n'eut le courage ou l'inhumanité de me dire que c'était terminé. Leur regard s'assombrit. Je ne croisais plus que des ombres aux paupières baissées.

Alors, comme un fou, je descendais dans la

ville amasser pour elle, dans mon corps, toute la force du monde. Je touchais les arbres, les fontaines, les chiens, je foulais l'herbe des squares et les tapis bruyants de feuilles rousses. Je partais derrière l'hôpital dans le quartier de maisons basses et de jardins, et j'emplissais mes poumons, comme enfant ma mère me conseillait de le faire à travers toutes les banlieues de Marseille que nous parcourions à pied, des banlieues semblables alors à ces environs paisibles de Manosque.

Je me chargeais des feuilles rouges d'une vigne, des derniers kakis sur un arbre déjà nu, de tous les feux de l'automne, du silence si puissant des nuages. Ma main touchait les murs, les portails des jardins, les haies mouillées de brume, le capot encore tiède des voitures.

Pour elle qui mourait dans une odeur de pansements, de radiateurs et de soupe, j'absorbais par chaque millimètre de mon corps, par la bouche, le souffle des hommes et du ciel. Je me mêlais aux joueurs de boules, aux rires des buveurs, aux lumières des boutiques.

Personne ne me voyait arracher à toute chose, sans m'arrêter de marcher, des poignées de vigueur. Je ramenais au bord de son lit, sur le chaos de son visage, le cri des oiseaux, la course d'un ruisseau sous la nuit et toutes les musiques, toutes les chansons que l'on entend en passant sous les fenêtres entrouvertes, ces soirs de novembre où il fait encore doux.

Le deux décembre, à dix heures du matin, le chef de service que je connaissais est entré dans la chambre de ma mère, suivi de l'interne et de quelques infirmières. C'était un jour comme les autres, le soleil dehors donnait confiance aux gens. J'en avais profité le long du chemin qui descendait des collines.

Le médecin ne m'a pas serré la main, il ne m'a pas regardé, il ne s'est même pas avancé vers le lit. Il a jeté un bref coup d'œil sur le visage de ma mère et, d'une voix que je ne lui connaissais pas, a prononcé : « D.L.P., trois fois par jour. »

Il a disparu dans le couloir. Cinq secondes.

J'ai bondi sur ses talons. Je l'ai attrapé par la manche : « D.L.P., qu'est-ce que c'est ? »

Il a planté ses yeux dans les miens et, très calmement, il m'a dit : « Dolosal, Largactyl, Phenergan. Elle souffre trop, il n'y a plus rien à faire, dans quarante-huit heures ce sera fini. » Il est entré dans la chambre suivante.

« Dans quarante-huit heures ce sera fini. » Les mots les plus cruels de ma vie. Cet homme venait de décider tout seul de la mort de ma mère.

Dieu lui-même n'y pouvait plus rien. Dans ce

couloir, Dieu c'était lui. Avec calme, réflexion, il venait de mettre fin à la vie de celle qui m'avait ouvert les portes du monde.

Je suis allé au bout du couloir, j'ai tourné le dos au service, j'ai laissé mon visage se déformer et les larmes emplir ma bouche. Des larmes, j'en avais tellement accumulé depuis le début de l'été que j'aurais pu rester là des jours et des nuits sans qu'elles tarissent.

J'ai pensé que ma mère était vivante, pour quelques heures encore. Je suis retourné la voir.

Une infirmière sortait de la chambre, une énorme seringue posée sur un plateau en inox. On venait de lui faire la première injection de mort.

Je me suis assis sur le bord du lit, j'ai posé ma main sur sa tête et pendant des heures j'ai caressé ses cheveux. Je n'avais jamais osé jusque-là faire ce geste si simple, si doux, par pudeur imbécile. Il me restait quarante-huit heures pour lui dire à quel point je l'aimais.

Durant cet après-midi du deux décembre ma mère eut encore toute sa conscience. Elle n'avait pas eu besoin de demander à l'infirmière ce que contenait cette grosse seringue. Elle le savait. Comme elle avait su avant tout le monde, à chaque étape de sa maladie, ce qu'elle pouvait encore espérer.

Ma gorge était trop serrée pour que je parvienne à articuler un seul mot. Pas une seule fois elle n'appela sa mère. J'entendais sa voix, de temps en temps, dire très bas : « Mon chéri, mon chéri. » Et nous laissions le jour doucement quitter la chambre.

Au milieu de la nuit, je suis rentré chez moi et j'ai pris Marilou dans mes bras. Elle s'est réveillée. Je lui ai parlé un moment. Des mots sans suite qui ne disaient rien de précis, qui auraient pu dire : « Mon bébé, j'ai tellement besoin de toi, de ton bonheur, de ta vie. Tu n'imagines pas à quel point tu m'aides à me lever, à me coucher, à marcher. Ta force est immense. »

Pour la rendormir j'ai fait comme d'habitude. Je lui ai mordillé le lobe de l'oreille jusqu'à ce qu'elle mette sa petite main entièrement dans ma bouche. Elle a remué ses doigts pour sentir mes dents, ma langue, et elle s'est rendormie en souriant.

Le lendemain matin, j'ai trouvé ma mère toute recroquevillée, minuscule au fond du lourd fauteuil de sa chambre. Les infirmières l'avaient posée là en chemise de nuit.

J'ai essayé de l'asseoir plus confortablement mais ses jambes et ses bras se repliaient aussitôt.

En une seule nuit elle avait encore rétréci. Elle se refermait comme une feuille de platane tombée depuis longtemps. Un sourire de paix que je ne lui avais jamais vu était plaqué sur son visage. En mon absence ils avaient dû doubler la dose.

Une infirmière est entrée. Elle tenait dans ses mains le plateau en inox et la seringue. En une seconde l'horreur de ce que nous vivions m'a suffoqué. Le recroquevillement de ma mère, là, sous mes yeux, hurlait le travail de la seringue en une seule nuit.

L'infirmière m'a demandé de bien vouloir sortir dans le couloir, le temps de faire la piqûre.

Je me suis levé d'un bond et je l'ai insultée. Je lui ai crié que personne n'avait le droit d'assassiner ma mère. J'ai envoyé valdinguer son plateau et je l'ai violemment poussée dehors.

Une minute plus tard, le médecin chef était là, suivi de toute son escorte. Je lui ai dit que ses saletés de piqûres c'était terminé, que je voulais tout de suite qu'on apporte à ma mère un vrai repas. Il n'a pas insisté.

Le repas n'est arrivé qu'à 11 h 30. J'ai expliqué à ma mère que leur traitement était nul, que nous allions ensemble nous battre pour vivre, qu'il fallait manger. La seule issue était là. Manger !

Je l'ai attrapée par le bras et je lui ai dit qu'elle

n'avait pas le droit de m'abandonner, d'abandonner sa petite-fille qu'elle connaissait si peu. Son sourire immobile ne quittait pas son visage atrophié.

J'ai installé le plateau entre nous et j'ai commencé à manger pour lui prouver que c'était délicieux. Je ne suis pas parvenu à lui en faire avaler une seule bouchée. Ses mâchoires crispées ne se desserraient pas. Son sourire n'était pas vivant. C'était un masque.

Jusqu'au soir j'ai interdit à qui que ce soit de franchir la porte. Je parlais à ma mère mais elle ne me répondait que par un petit signe de la tête. Plus aucune parole. Elle qui m'avait dit des milliards de mots, des milliers d'histoires.

Quand le silence s'est emparé de l'hôpital et la nuit de la ville, j'ai compris que j'avais perdu et que ce serait bientôt terminé. Je l'ai longuement serrée dans mes bras, je l'ai embrassée. Je lui ai dit plusieurs fois : « Au revoir, maman. » Aucun son ne franchissait ma gorge mais je savais qu'elle m'entendait.

Quand mes larmes ont commencé à mouiller ses cheveux, ses cheveux si fins où je m'étais endormi chaque soir de mon enfance, je me suis enfui.

Je savais que je quittais ma mère pour la dernière fois. Que plus jamais je ne la reverrais vivante. Plus jamais ensemble nous ne serions heureux. Jamais je n'avais connu une si atroce souffrance.

Je suis rentré chez moi, je me suis couché et j'ai commencé à trembler. En quelques secondes une fièvre d'enfant a embrasé mon corps. J'étais brûlant, trempé, chacun de mes muscles vibrait. Un séisme ébranlait tout l'arbre de mes nerfs.

Pendant vingt-quatre heures mon corps a sauté dans le lit. Je m'agrippais aux draps. Je ruisselais. C'était douloureux, nécessaire et bon comme une métamorphose.

Dans son lit d'hôpital ma mère quittait son corps et entrait dans le mien où elle allait vivre désormais.

Le lendemain, quatre décembre, à onze heures du soir, le téléphone a sonné près de mon lit. Une voix de femme : « Monsieur Frégni ?... Ici l'hôpital de Manosque. Votre mère vient de s'éteindre à l'instant... Pourriez-vous nous apporter des vêtements, nous devons l'habiller, elle n'avait ici que des chemises de nuit. »

Je suis allé chez elle et j'ai choisi dans la penderie son tailleur gris et un chemisier blanc ; les vêtements qui ressemblaient le plus à la discrétion, à l'effacement de sa vie. Sur les rares photos de sa jeunesse et dans mon souvenir, c'est ainsi qu'elle est vêtue. Durant la dernière partie de sa vie elle ne portait ce tailleur qu'une ou deux fois par an, pour les grandes occasions, l'anniversaire d'un enfant, une visite chez le médecin. Le reste du temps, elle avait adopté une petite veste de coton rouge qu'elle ne quittait jamais, une veste qu'elle mettait jadis chaque soir en rentrant du travail.

À l'hôpital, deux infirmières sortaient de sa chambre poussant un chariot. « Sa toilette est terminée, si vous voulez récupérer son alliance, faites-le tout de suite, dans une heure vous n'y parviendrez plus. »

Elles m'ont laissé seul un moment avec elle. Son visage était redevenu grave, le masque de sourire avait disparu. Je l'ai trouvée pensive. Comme elle m'apparaissait chaque soir lorsque je rentrais de l'école communale et qu'elle m'attendait assise à la table de la cuisine, le regard lointain et soucieux.

J'ai pris dans le tiroir de la table de nuit sa chaînette en or, à peine moins fine qu'un cheveu ; on la lui avait enlevée depuis qu'on la piquait dans le cou. Malgré son extrême maigreur, j'ai eu du mal à retirer l'alliance. Ses articulations durcissaient déjà. J'ai dû mouiller son doigt avec ma salive et aller chercher une savonnette dans la salle de bains. J'ai fait glisser l'anneau sur mon petit doigt.

Les infirmières sont revenues, elles étaient très douces avec moi, tendres si elles l'avaient osé. Elles m'avaient vu tous les jours depuis trois mois, elles s'étaient un peu attachées à moi comme je m'étais raccroché à elles. Nous avions souvent parlé dans la chambre et les couloirs, pour distraire ma mère et pour le plaisir, de la vie difficile, de nos enfants. Je les avais fait rire avec des histoires drôles que me racontaient chaque lundi les détenus des Baumettes.

Malgré ma folie de la veille je sentais chez elles un désir de me protéger, de me rassurer. Elles avaient peur que mon cœur ne lâche. « Allez vous reposer, nous allons l'habiller tranquillement, rien ne presse, demain matin vous remplirez les papiers et vous la ramènerez en ambulance chez vous ou chez elle. »

Je me suis assis sur une chaise dans le couloir et j'ai attendu. Un peu plus loin, une autre infirmière tricotait, elle aussi assise sur une chaise. De temps en temps son regard quittait son tricot et se posait sur moi. Elle me souriait. Je ne tremblais plus.

Jamais le silence n'avait été aussi grand dans ce couloir où tous les jours depuis des mois j'avais fait les cent pas en attendant la fin de la toilette ou les paroles encourageantes du médecin entre deux portes. Je connaissais chaque détail de toutes les photos sous verre accrochées aux murs, représentant les divers quartiers de la ville vers le début du siècle.

«Le clocher de la porte Soubeyran» sous la lumière blanche de midi. «La fontaine des Observantins» qui désaltère son platane. «Notre-Dame-de-Romigier» et deux enfants en tablier qui se regardent, assis sur le sable de la place de la mairie, sous l'averse d'or qui tombe des feuillages.

Que pouvais-je encore attendre dans ce couloir maintenant que ma mère vivait en moi? Derrière la porte de la chambre n°5 les deux infirmières s'occupaient de son corps. Elle, ma mère, ma si douce mère, j'allais l'emporter avec moi pour qu'elle ne manque jamais de lumière et d'amour sur tous les chemins de la terre.

Sur l'agenda 1992, à la page du quatre décembre, j'ai écrit : « Maman est morte à onze heures du soir. »

Depuis quelques jours je vis un phénomène étrange. J'étais persuadé que la femme à laquelle je rêve n'existait que dans mes songes.

L'autre soir en rentrant chez moi, le col relevé, je l'ai aperçue dans un bistrot. Elle était perchée sur un tabouret, à l'extrémité d'un comptoir. Nos regards se sont croisés. À la même seconde nous nous sommes reconnus et nos corps ont sauté. Malgré ma violente émotion son trouble ne m'a pas échappé. C'était elle. Aucun doute là-dessus.

Mon cœur frappait si fort que j'ai dû poursuivre ma route. Si j'avais poussé la porte, je n'aurais pas eu la force de faire un pas vers elle ou de commander à boire. Je lui aurais fait peur.

Je n'ai pas fermé l'œil de la nuit tant la brutalité de cette rencontre me bouleversait. Avais-je une fois de plus rêvé ? Est-il possible à force de désirs, de détresse, d'appels, de créer ainsi une femme ? Une femme avec de vrais yeux, une vraie peau, des mots à elle. Des mots que je n'invente pas pour éloigner ma solitude. Des mots qui naissent sur sa peau.

Le lendemain je l'ai revue à peu près à la même heure, dans un autre quartier.

Je venais de garer ma voiture. Elle était attablée dans un petit restaurant vietnamien où je vais parfois, juste de l'autre côté de la vitre. J'ai même cru qu'elle me souriait sous les lumières orange de l'Orient. J'ai ralenti mon pas. Elle souriait à l'homme qui lui faisait face et me tournait le dos.

Depuis je la vois chaque soir, toujours à travers la vitre d'un bistrot, d'un piano-bar, d'un restaurant. Nos regards se rencontrent trois secondes. Trois secondes qui durent un amour. Je devine maintenant qu'elle me reconnaît. Comment peut-elle m'avoir déjà vu puisque je l'inventais ? Quelle complicité diabolique nous lie ?

Elle est tous les soirs avec le même homme que je ne regarde pas. Je sais seulement qu'il a très peu de cheveux sur le sommet du crâne.

Il m'est arrivé de marcher dans les rues pendant des heures en attendant que Marilou sorte de l'école, elle n'apparaît que la nuit sous des lumières bleues, vertes, jaunes qui agrandissent son mystère. Ses yeux brillent plus que la nuit.

Je n'ai pas encore trouvé la force de pousser l'une de ces portes et de marcher vers elle.

Je vis une semaine sur deux avec ma fille, l'autre avec mon cahier. Marilou me rend heureux, mon cahier m'empêche d'être triste. Il est là, rouge, sur mon bureau, il attend que ma fille reparte et que j'aie besoin de lui. Dès qu'elle s'en va, je l'ouvre et mon cœur n'a pas le temps de m'envahir. Dès qu'elle revient, je la serre contre moi, nous dansons et je n'ai plus besoin de parler avec de l'encre pendant des nuits, de tremper ma plume dans mon cœur. « Se faire un sang d'encre », c'est peut-être cela écrire, tracer des mots pour contenir son sang. Les écrivains sont des loups blessés qui laissent derrière eux une trace de souffrance. Quand Marilou arrive, elle jette son sac, fait pétiller ses yeux, met sa petite main dans la mienne, et nous partons n'importe où, au restaurant, au cinéma, au centre Leclerc. Bientôt ce sera Noël, nous écrasons nos nez sur chaque vitrine qui étincelle. Nous entrons dans une boutique de parfums, j'en essaie quelques-uns sur mes mains, mon cou. Sans hésiter Marilou me dit : « Celui-là papa. » Je l'achète et nous sortons. Je lui fais confiance. Je lui dis : « Grâce à toi, je vais rencontrer une jolie fiancée. » Elle rit. « C'est moi qui te la choisirai. — Et le fiancé de maman, il est gentil ? » Elle ne me répond pas.

Cette semaine le mistral a soufflé très fort. La ville est rousse. Nous sommes allés souvent dans la colline chercher de la mousse et des pommes de pin pour décorer la crèche et notre sapin.

Nous connaissons tous les chemins dorés de lumière sur le versant sud du Luberon. À tour de rôle nous nous cachons, Marilou dans les genêts où elle se croit invisible, moi à la cime des plus grands arbres où siffle le vent.

Ainsi nous faisons des kilomètres, l'un part en courant se cacher, dès qu'il est déniché l'autre file plus loin. Quand Marilou est fatiguée nous construisons un tipi avec des branches mortes que nous dressons en cercle autour d'un pin.

Lorsque le travail est fini nous nous y abritons et je lui raconte en goûtant des histoires de trappeurs, d'Indiens et de loups. Dehors le vent fait le reste. Il bricole les légendes en peuplant les forêts de lumières fuyantes et de mugissements.

Elle se blottit contre moi. « Ferme bien la porte, papa, on va dormir ici. » Elle dresse son petit index. « Tu les entends, les loups. »

Dès que le soleil disparaît derrière la crête, en

cinq minutes l'ombre nous transit. Impossible de la faire sortir de ce repaire, elle est persuadée que nous allons y passer la nuit. Les enfants qui rêvent ne sentent pas l'hiver.

Je lui dis : «Viens on va faire l'aventure.» Nous marchons en équilibre sur les grands pins couchés que la dernière tempête a abattus. Nos mains sont noires et collantes de résine. Plus le tronc s'amincit, plus elle rit de peur.

Dans la plaine encore claire, la fumée qui monte des villages est bleue; nos pas sonnent sur une terre durcie par le vent.

C'est en rentrant chez nous, à cet instant mélancolique où le soleil nous quitte, qu'une nouvelle sensation entre en moi. Il n'y a plus sur le chemin d'ombre une fillette et son papa. Il y a ma mère et moi, quarante ans plus tôt, dans toutes les collines qui entourent Marseille, arbousiers, pins blancs, un peu avant Noël comme aujourd'hui, et ce panier où nous déposions délicatement les plaques de mousse sous quelques pommes de pin.

Je l'ai tellement vue, ma mère, jeune derrière moi sur ces chemins assourdis d'aiguilles de pin où déjà nous jouions à cachette avant de goûter à l'abri du mistral, que je prends sa silhouette, son pas, son regard protecteur et heureux. Je ne suis plus un homme, un père, je suis ma mère, je sens en moi toute sa douceur, son ravissement. Je sais que son sourire est sur mon visage, ce sourire merveilleux qui se posait sur elle dès que nous étions tous les deux.

Marilou n'est plus ma fille, c'est moi il y a quarante ans, petit garçon aux cheveux longs, à la houppette, aux jambes nues griffées par les chênes kermès, les ajoncs et les cistes.

Nous nous hâtons vers notre banlieue, vers le poêle à charbon qui ronfle dans la cuisine, et je ne sais plus très bien qui je suis devenu, où est ma vraie maison. Et cet enfant qui court devant, je ne sais plus s'il s'appelle René ou Marilou. Je sais seulement qu'il est entièrement heureux de courir dans le vent à un moment de la vie où, les jeudis et les dimanches, la mort n'existait pas.

J'ai toujours été persuadé depuis que j'ai compris que ma mère mourrait un jour, à l'âge de quatre ou cinq ans j'imagine, que je ne pourrais pas rester vivant à la surface de la terre alors qu'elle, désormais, serait toute seule dessous. À cet ensevelissement dans le royaume des vers et de la nuit, j'étais convaincu de ne pouvoir survivre. J'ai accumulé les années, hanté par l'image de cet instant où on la descendrait à jamais dans le noir.

Ce moment précis est moins atroce qu'on ne le croit, tant sont horribles les heures qui précèdent, les jours qui suivront, tant est profond l'état d'épuisement et de stupeur que l'on atteint au moment de visser le couvercle du cercueil sur le plus beau visage d'une vie.

Après les jours d'insomnie où l'on veille parfois seul sa mère morte, où on lui parle tendrement pendant des heures en caressant son front et ses cheveux glacés, en embrassant cent fois tout son visage, doucement, pour la rassurer, parce que l'on n'a pas osé le faire depuis si longtemps et qu'on ne le fera plus, en lui disant tout bas : « Ne t'en fais pas, maman, n'aie pas peur, je suis là, je reste avec toi, je ne t'abandonnerai jamais, c'est toi mon bébé maintenant, je vais t'emmener partout avec moi. »

Après cette douleur qu'aucun mot ne peut dire, l'enterrement est presque léger. Il y a peu de monde qui attend sur la place d'un village, une pluie fine qui vient de cesser, quelques amis qui vous embrassent, et tout le monde se met à marcher derrière le fourgon de fleurs.

Il y a une odeur d'acacia et de route mouillée que l'on connaît depuis l'enfance, une odeur qui n'appartient qu'à cette petite route qui descend vers le cimetière. C'est juste en dessous qu'on venait avec les filles, les nuits d'été, voler des melons.

Il y a un cousin qui vous parle de ses enfants ou des boules, et le plus fort c'est que vous l'écoutez alors que votre maman est juste devant, dans le fourgon, et que dans cinq minutes elle va disparaître.

Il y a les quelques mots qu'il faut dire parce qu'on ne savait pas trop comment faire et qu'il n'y a pas de curé. « Ma mère est née derrière cette colline, à Villeneuve, elle a mis toute sa vie pour venir jusqu'ici. Elle n'a fait de mal à personne, tous les gens qui ont eu besoin d'elle, elle les a aimés. Et sur cette route déserte, elle venait chaque soir dès que tombait la nuit parce qu'elle était timide. »

On a tellement pleuré depuis des mois que les mots viennent, pas les larmes. La douleur est aussi légère que la brume qui passe lentement sur le cimetière, emportant les croix, les fermes, les ponts, les chiens errants et les vaches rousses et blanches, aussi légère que ce coin de soir où se regroupent pour lui dire au revoir les hommes et les femmes qui aimaient sa tendresse discrète et sa timidité.

Il y a les deux ou trois billets qu'il faut penser à donner aux fossoyeurs couverts de boue, les mains à serrer près du portail alors qu'on aurait préféré qu'il n'y ait pas de condoléances. Les voitures qui démarrent vite, la pluie s'est remise à tomber.

Et là-bas au bout de l'allée de cyprès, à gauche, ma mère, mon unique mère, ma maman que tout le monde vient d'abandonner. Ma maman qui va passer sous la terre, toute seule sous le froid et la pluie, la première nuit de sa vie.

Il y a, les jours suivants, son modeste appartement qu'il faut vider, plus personne ne paiera le loyer. Se retrouver seul un jour de décembre au milieu de tout ce qui faisait les petits gestes de sa vie.

Ces vieux meubles sans valeur que nous avions déjà à Marseille, dans lesquels je me cachais, où elle faisait semblant de ne pas me trouver ; ses tailleurs gris d'un demi-siècle, sa veste de coton rouge, ses chemisiers blancs. Ses plats ovales dans lesquels elle confectionna des milliers de gratins de courgettes ; son mixeur où elle enfourna des tonnes de carottes, persuadée que leur jus améliorerait ma petite vue. Ces piles de cartons bourrés de linge fané de lessive et de soleil, de quittances de loyer, de bulletins de paye, d'ordonnances.

Et les dizaines d'agendas où durant toute sa vie elle nota tout : Mardi 10 h, dentiste. Jeudi, appeler cousin Pierre. Vendredi, Ève et René viennent souper. Dimanche, 2 h. Scrabble avec Mme Morel.

Les dernières années elle avait acheté un deuxième jeu et, grâce à un sablier, jouait contre elle-même. Je me suis toujours demandé laquelle de ses deux moitiés elle préférait voir gagner.

À qui nous adressons-nous lorsque nous commençons à discuter de plus en plus souvent avec nous-même ? Qui est cet autre en nous que nous tutoyons dans le noir pendant les heures d'insomnie, à qui nous reprochons ce que nous avons été incapable de faire ? « Tu aurais dû... La prochaine fois que tu la croises dans la rue tu lui diras ceci... » Nous préparons des fleuves de mots qui ne franchissent pas les portes de la nuit.

C'est ainsi que j'ai déniché, protégés sous des draps et noués avec du ruban, plusieurs paquets de lettres, des centaines de lettres, toutes les lettres que je lui avais envoyées durant mon enfance et ma jeunesse. Lettres de toutes les colonies de vacances de la Ville de Marseille en Haute-Savoie : Annemasse, Bonneville... On nous obligeait à faire la sieste le drap sur la tête avant d'aller marcher deux par deux sur des routes couvertes de bouses et bordées de clôtures électriques, en chantant : « Un kilomètre à pied ça use, ça use... »

Dans mes lettres je ne parle que de rivières et de noisetiers. Elles étaient lues.

Mes deux années de pensionnat à l'école Freinet. Soleil et souffrance. Lettres du régiment et de la prison militaire, aux timbres tricolores tamponnés par le vaguemestre à Verdun-sur-Meuse puis à Metz.

Aucune ne manque. D'elle je n'en ai pas gardé une. Je les ai perdues, jetées, dispersées.

Piles de cartons où une mère garde précieusement le souvenir de chaque émotion.

Anéanti par tant de tendresse, à quelques jours seulement de Noël, je me disais : « Quelle est la femme sur cette terre qui m'a aimé, qui m'aimera autant ? Quelle est celle qui rangera avec amour dans des armoires chaque chose que je lui aurai donnée, qui aura touché nos vies, une lettre écrite dans un train, une simple photo de voyage, un pull défraîchi ? Dès qu'un autre homme m'aura remplacé, tout cela volera par la fenêtre. Personne ne remplace un enfant. »

Vers l'âge de dix ans, j'avais moi aussi accumulé dans notre cave à charbon des pyramides de cartons où j'entassais les objets les plus insensés que je chapardais aux quatre coins de Marseille pour protéger ma mère de la fatigue, de la misère et du travail.

Ces richesses dérisoires n'ont servi qu'à lui faire des cheveux blancs, des paupières sombres.

Les cartons de ma mère, je les ai un par un transportés chez moi. Je n'ai donné au Secours catholique que les vêtements qu'elle mettait peu, les autres contiennent trop ses jours, son affection, sa peau.

Je me suis parfumé quelques mois avec le flacon d'Eau sauvage que je lui avais offert juste avant son hospitalisation et qu'elle n'osait pas utiliser tant il avait d'importance.

Quand je suis seul, je fais tourner sur la table de ma cuisine où je viens de manger ses deux minuscules toupies en bois, une rouge, l'autre verte, qu'elle fit valser, chaque soir dans sa propre cuisine, durant toutes ces années où elle vécut seule. Cela ne signifie rien, j'essaie seulement de comprendre ce qu'étaient devenues ses soirées lorsque nous nous sommes éloignés et qu'il n'y avait plus pour faire bourdonner le silence que ces deux petites danseuses de bois.

Si j'étais convaincu que ma mère m'attend au fond du cimetière, sous la dalle 61, j'irais beaucoup plus souvent bavarder avec elle comme nous l'avons fait presque chaque jour depuis que je suis né. Elle vit sur les plateaux immenses où la lumière court ; elle chante avec les rivières et frôle les clochers sous l'aile blanche des pigeons. L'univers lui appartient. Elle vit dans tout ce que je vois, ce que je touche, ce que je sens.

Je n'ai fait grincer que deux fois la grille du cimetière. Une fois seul, l'autre avec ma fille, l'été dernier.

C'était l'heure de la sieste et nous étions seuls. La dalle de ciment était si nue que j'ai dit à Marilou : « Viens, on va lui cueillir un bouquet de fleurs sauvages. » Elle n'a aucun souvenir de sa grand-mère, lorsque nous en parlons elle l'appelle Mimi.

Le cimetière est au milieu des prés. Marilou m'a dit : « Je ramasse les bleues, c'est ma couleur préférée, toi les jaunes et les rouges. »

Il y en avait partout mais je faisais semblant de ne pas les voir pour la faire rire. « Mais, papa, tu es aveugle ou quoi ! »

Nous avons mangé des mûres. Il y avait aussi des noix. Quand ses petits bras nus ont été pleins de fleurs, nous sommes revenus. J'ai trouvé un pot en terre cuite vide et nous les y avons disposées.

Un arrosoir en plastique était accroché à la branche coupée d'un cyprès, je suis allé chercher de l'eau. Je n'ai pu le remplir qu'à moitié car le soleil l'avait fendu en deux.

Marilou n'avait pas osé rester seule au fond du cimetière, elle suivait, un peu inquiète, le moindre de mes pas, fascinée par les milliers de perles multicolores que le soleil allumait sur toutes les couronnes et les croix.

J'ai donné à boire aux fleurs et je me suis assis sur la dalle, du côté où le cercueil de ma mère a été placé. L'eau a coulé par-dessous le pot de terre et s'est lentement répandue sur le ciment bouillant ; lorsqu'elle a touché ma main, elle était devenue chaude.

J'ai dit quelques mots à ma mère en tapotant doucement la dalle mouillée avec le plat de ma main. L'eau chaude me rapprochait d'elle, c'était vivant.

Marilou a senti que ma gorge se nouait. Elle a posé le bout de ses doigts sur la cicatrice qui barre mon front et m'a dit : « Il faut plus te faire mal, papa, tu as assez souffri. »

Les lunettes noires cachaient mes yeux, pas ma voix. J'ai dit au revoir à ma mère et nous sommes repartis. Marilou a mis sa main dans la mienne. « Quand tu seras mort, papa, je resterai devant la tombe tous les jours et toutes les nuits. Je te quitterai jamais. »

Je lui ai dit en riant de travers : « Il vaut mieux que tu t'occupes un peu de moi quand je serai vieux. » Elle m'a répondu : « Mais je m'occupe déjà de toi, papa. »

Nous sommes montés dans la voiture et nous avons roulé en silence à travers la campagne. J'étais si heureux qu'elle soit près de moi. Qu'aurais-je fait tout seul au milieu de ces prés qui m'avaient vu grandir chaque été ? Seul à l'heure où nous partions nous baigner à la rivière, un énorme goûter dans le sac.

L'air brûlant des après-midi de juillet a éveillé en moi un souvenir. Un souvenir de bonheur.

« J'étais allongé, nu, dans une chambre qui

domine les vignes, les amandiers, quelque part dans le Luberon. Marilou était couchée sur mon ventre. C'est à peine si je sentais respirer ses trois kilos. J'écoutais un vent gris d'été se ruer contre les volets clos. Et si je n'avais pas dû vieillir et quitter un jour cette terre, j'aurais prononcé le mot bonheur qui avait touché mes lèvres au moment où ma main frôlait la tête si douce du bébé. Mon bonheur la surprit, elle se mit à brailler. »

Chaque jour après avoir raccompagné Marilou à l'école, je vais boire mon café dans l'un des bistrots de la place, sous mes fenêtres. Pour la première fois, ce matin, j'ai senti le printemps, sur les façades, les arbres nus, le sourire presque étrange des femmes. J'ai pensé qu'en s'allongeant les jours lanceraient sur leurs corps les couleurs du violoncelle. Je me suis senti aussi léger que le ciel.

Je vais continuer à écrire, à marcher. Je vais aimer ma fille plus fort chaque jour, ne pas abandonner ma mère au bord de la mémoire, sous le lierre qui lentement recouvre les châteaux de tendresse.

Je vais marcher vers ma mère dans les rues de Marseille où j'ai grandi, traverser ses places, ses quartiers, ses docks, longer l'école communale où elle m'accompagnait.

Je vais franchir les collines, m'asseoir à l'entrée de chaque village. J'aime la lumière aveuglante du calcaire après l'écume verte des chênes kermès.

Ainsi jusqu'au soir je vais laisser les heures emporter ma vie et mes songes. Je vais marcher sur cette terre brûlée vers l'ombre violette des collines et les clochers de cuivre. J'aime quand le vent soulève comme une robe l'eau des fontaines. J'aime la plainte d'un volet qui s'entrouvre à six heures du soir en été sur un espoir de fraîcheur. Je sais qu'inlassablement je vais marcher vers mon enfance, vers le si beau pays de ma mère.

J'entends les cloches de la petite église des Salles, engloutie sous les eaux du Verdon. Autour de cette église, à deux pas de Moustiers-Sainte-Marie, ma mère découvrit le monde dans les bras d'une nourrice.

Chaque jour je lui parle et elle me répond avec la voix du vent et de la mer. Plus elle s'éloigne au-delà des forêts, des ravins, des rivières, plus le bleu de sa voix s'adoucit, se fait léger, délicat, affectueux.

Là-bas, sur les ailes déployées de l'horizon, sur les grandes ailes blanches de sa tendresse, elle devient l'été, la pluie, le temps. Et chaque jour un peu plus je sens que je me rapproche d'elle, et je deviens ce qu'elle est devenue : la lumière et le vent.

DU MÊME AUTEUR

Aux Éditions Denoël

LES CHEMINS NOIRS, prix Populiste 1989 (Folio n° 2361)

TENDRESSE DES LOUPS, bourse de l'Académie française 1990 (Folio n° 3109)

LES NUITS D'ALICE, prix spécial du jury du Levant 1992 (Folio n° 2624)

LE VOLEUR D'INNOCENCE (Folio n° 2828)

OÙ SE PERDENT LES HOMMES (Folio n° 3354)

ELLE DANSE DANS LE NOIR, prix Paul Léautaud 1998 (Folio n° 3576)

ON NE S'ENDORT JAMAIS SEUL, prix Antigone 2001

*Composition et impression Bussière
à Saint-Amand (Cher),
le 4 octobre 2001.
Dépôt légal : octobre 2001.
Numéro d'imprimeur : 13133.*
ISBN 2-07-041989-4./Imprimé en France.

2929